M.F.Reinhardt

Hipster Viking
Midgards Most Wanted Idiots

Hipster Viking
, Midgards Most Wanted Idiots

by M.F.Reinhardt

Bibliografische Information der Deutschen Nationalbibliothek:
Die Deutsche Nationalbibliothek verzeichnet diese Publikation in
der Deutschen Nationalbibliografie; detaillierte bibliografische
Daten sind im Internet über dnb.dnb.de abrufbar.

Impressum
1. Auflage
Erstveröffentlichung November 2017
Copyright © 2017 by Marcus-Frank Reinhardt
Herstellung und Verlag: BoD – Books on Demand, Norderstedt

ISBN: 9783848259458

Hipster Viking: Chapter I

Wir schreiben das Jahr 905 n.Chr. Ein Sturm wütete an der Küste Norwegens, ein Sturm der selbst die härtesten aller Männer ans wärmende Feuer verschlug.

So war es, dass sich die Männer dieser namenlosen Ortschaft in der Halle des Jarls versammelten und gemeinsam mit Met und Weib ins Feuer starrten.

Die härtesten aller Bösewichte, die großen Teufel aus dem Norden, saßen da und kauerten im Warmen, zu den Göttern flehend, dass der Sturm bald enden möge.

Der Wind ließ die Dachbalken quietschen und das Vieh vor Angst schreien als plötzlich…   die Vordertür der Halle aufschlug und ein grelles, orangefarbenes Licht den Raum erfüllte. Inmitten dieses Lichts stand eine Person. Ein Mann mit geschwollener Brust, langem Bart und in seiner Hand hielt er ein- »Finnboy? FINNBOY?? Verdammt nochmal, ich habe gesagt du sollst hinter mir bleiben, wo zum Henker steckst du?«

Auf der anderen Seite des Raums öffnete sich eine kleine Tür, welche als Ausgang zur Kloake diente. »Hier bin ich. Sorry, aber da braute sich etwas in mir zusammen.«, sprach Finnboy.

»Einmal mit Profis arbeiten...«, der Mann aus dem Licht trat einen Schritt in die Halle und das Licht erlosch. »Also Leute, wer will mit mir über Äppel reden?«…

MOMENT, wer zum Teufel erzählt hier gerade meine Origin Geschichte?

Ähm das bin dann wohl ich.

Ich? Wer ist Ich? Was soll das? Das war doch ganz anders…

Nun ich bin der Schreiber deiner Geschichte und so wie ich es
schreibe ist es wa-

Nein, Nein, Nein… Jetzt übernehme ich!!!

Wir schreiben das Jahr 905 n.Chr. Blah blah blah…
In der Halle von Jarl Andreas saßen sämtliche Idioten ums Feuer
und beteten, mir nie begegnen zu müssen. Ach ja und natürlich
waren sämtliche anwesende Personen NACKT!

Warte, was? Was erzählst du da? Das ergibt doch gar keinen Sinn!

Hey Mr. Ich, ich komm gleich und steck dir nen Äppel
in den Hals wenn du nicht sofort aufhörst mir ins Wort
zu fallen. Ist das klar?

Na gut, mach doch was du willst. Ich bin diesen Job
leid. Andauernd mischen sich andere in meine
Geschichten ein. Ich fahr jetzt in Puff. Da tun
wenigstens alle wofür sie bezahlt werden. Ciao.

Ähm. Okay. Nun dann, hört meine Geschichte. Die
Geschichte von Hipster Viking und Finnboy.

Wir standen nun in der Halle und die Köpfe drehten
sich aufgeregt von mir zu Finnboy und zurück.
Niemand wusste genau was ihn erwartete, niemand
traute sich etwas zu sagen.
»Was sind Äppel, Bursche?«, fragte Kevin, der unreife
kleine Drecksack von einem Wikinger.
»Äppel sind-« - »HAALT STOP!«, brüllte es vom Thron
des Jarls.
»Aber Herr, ich möchte doch nur erklären was-« -

»JETZT REDE ICH!«, brüllte Andreas mit rot
 angelaufenem Gesicht.

»Aber Herr, etwas Bildung täte euren Männern wirkli-« - »JETZT
HALT DEINE SCHNAUZE!«
Wow, dieser Jarl Andreas war wirklich ein
grauenvoller Mann. Sein Aussehen, die Stimme, aber
vor allem der Geruch machten es schwer auch nur
nahe an ihn heran zu treten.
»ES BLEIBT HIER ALLES SO WIE ES IST! UND ES
 WIRD SICH DARAN AUCH NICHTS ÄNDERN!!!«,
Spucke schoß durch die gesamte Halle entlang
Richtung mir, doch zum Glück hatte ich mein Cappi
auf. Ein orangefarbenes Cappi welches den Grad
 meiner Macht und Individualität preisgab.
»In Ordnung Herr, dann hätte ich gerne zwei Chai-
Latte to go für mich und meinen Freund.« Keine
 Antwort kam. Der Kopf von Jarl Andreas schwoll an,
 seine Augen traten hervor und wir alle wussten, es ist
 Zeit sich etwas zum Unterstellen zu suchen. Denn
 solch eine Spucklawine wollte keiner gerne
 abbekommen. Die Männer verkrochen sich unter den
Tischen oder bildeten kleine Schildwälle um sich in
 Sicherheit zu bringen.
Ich warf mich schnell hinter einen ausgestopften Elch,
welcher elegant neben dem Eingang stand.
»AAAAAAAAAAAAH!!!«, es war wie ein Tsunami der
über einen einbrach. Mit ihm schrien sämtliche
Männer auf wie kleine Kinder und winselten. Mein
einziger Gedanke in dem Moment war… wo steckt
Finnboy?? Spulen wir zurück…
Stille. Anschwellender Kopf. Männer unter Tischen.
Männer im Schildwall. Doch wo…
Haha, der Fuchs. Finnboy nutze die Gunst der

*Ablenkung und stellte sich, vor eben jenem
katastrophalen Spuckeausbruch, hinter Jarl Andreas.
Der Tsunami war vorbei und in jenem
Moment,indemich zum Jarl schaute, zog Finnboy
Andreas die Hosen runter. Alle lachten, ein wildes
Feiern ging durch den Saal in welchem der Jarl gerade
eben bloßgestellt wurde.
„NAA WARTET! Das sag ich Captain Hammer! Der
wird euch das Fell über die Ohren ziehen!", plötzliches
Schweigen machte sich wieder breit.
„Bitte Jarl, tut das nicht.", sprach Kevin, dem ich
gewünscht hatte in Spucke zu ertrinken.
„Moment mal", sprach ich „Wer ist dieser Captain
Hammer?".
Ein erschrockenes Stöhnen ging durch den Raum.*

Ich finde es erstaunlich, wie du in kürzester Zeit solch
einen Blödsinn von dir geben kannst, Hipster Viking!

Ich? Du? Ich dachte du bist im Puff?

WLAN mein Junge. Ich kann ganz genau verfolgen
was du schreibst.

*Aber du bist im Puff??? Warum schreibst du mir
anstelle ******************

Man nennt es Multitasking. Also wer war jetzt dieser
Captain Hammer?

*Okay, also weiter… du bist merkwürdig. Sehr
merkwürdig.*

Finnboy sprach: „Hipster Viking, du kennst nicht

Captain Hammer?"
"Nö", entgegnete ich ihm.
"Nun, dann lass mich dir von ihm erzählen... aber ich
möchte auch eine eigene Schreibart für meine
Geschichte!"
Wie bitte?
Na gut, verdammt. Beeil dich.

Also…

**Captain Hammer ist ein Mann den selbst die Götter
 fürchten.**
**Er reitet auf Svartfaxi durch die Welten und
 erschlägt seine Gegner mit einer hübschen
 Sammlung von Schmiedewerkzeugen!**

Ah ja.. okay also weiter im-

Ich bin noch nicht fertig…

**Man sagt, er hätte einen Riesenbären mit seinem
Bart getötet.**
**Der Kampf zog sich über zwei Wochen, doch am
Ende war der Bär zu erschöpft, also band Captain
Hammer seinen Bart um die Kehle des Bären und
zog so fest, dass dieser erstickte.**
**Doch es war ein Mutterbär und so standen plötzlich
zwei Bärenjungen vor dem Captain. Er musste sich
entscheiden ob er eben jene tötete oder sich um sie
kümmerte.**
**Er adoptierte die beiden und zog sie groß, nur um
sie bei voller Stärke zu demütigen.**
Er mischte ihnen LSD unter das Futter und die

**Bären blieben auf einem wahnsinnigen Trip hängen.
Daraufhin schnitt er ihnen das Fell und färbte es in
lila und pink, malte ihnen Regenbögen auf den
Bauch und ließ sie frei.
Bis heute sitzen diese Bären nun in den Hügeln und
denken sie wären Glücksbärchies.
Viele Wanderer sind ihnen unter die Pranken
gekommen.
Wahrscheinlich wissen die Bären nicht einmal was
sie tun sondern denken, die würden mit Wolken
kuscheln.**

Das klingt alles sehr erfunden…
*Nein, das macht total Sinn! Bist du den Glücksbärchis
etwa noch nicht begegnet?*

Ich glaube, ich schalte besser einfach den PC aus.
*„Alles klar. Na gut Andreas, dann hol doch MC
Hammer." Jarl Andreas lief mal wieder rot an. „STOP,
SONST KRIEGST DU GLEICH EINE AUF DIE
SCHNAUZE!" Er kam auf mich zu und holte aus. Seine
Faust flog in Slowmo auf mich zu und nachdem ich das
Cappi auf hip gestellt hatte, wich ich ihr aus. Andreas
schlug gegen die Tür und der daneben an der Wand
hängende Pornokalender fiel herunter. Schade, ich
mochte das Wäschebild von Lagerta Lodbrok. Jetzt
kam Finnboy angeschlendert…*

**Genau, und jetzt wird's interessant. Ich wandte
mich also an den leicht cholerischen Andreas, den
manch einer wohl als Psychopath bezeichnet hätte.
„So du Feuermeldergesicht, -"**

Was ist ein Feuermelder?

Egal. Jedenfalls sprach ich zu ihm: „-Willst du dir nicht erstmal die Hosen hochziehen und dich beruhigen?" Andreas schaute kurz herab und zog seine Hose wieder hoch. „Gut gemacht. Hast dich auch beruhigt?" Andreas antwortete: „Beruhigt habe ich mich jetzt nicht, aber…" Ich wandte mich ab und hoffte, keine Spucke in den Rücken zu kriegen. „Also Männers", hub ich an, „wollt ihr weiter mit solch einem Crackhead abhängen…"

Was ist ein Crackhead?

Egal. Jedenfalls sprach ich zu ihnen: „oder mit uns mal richtig einen Olaf orgeln?" Fünf Minuten später saßen wir, ohne Kevin und Andreas, in der Halle und quarzten gemütlich.

Wo sind Andreas und Kevin jetzt hin?

Oh, der Teil ist gut. Gleich nachdem Finnboy gefragt hatte, ob wir einen Björn buffen wollen, schnappten die Männer sich den Andreas, steckten ihn in ein leeres Bierfass und schubsten ihn auf den Fjord hinaus.

Und Kevin?

Den trat ich hinterher.

Also Jungs, was ihr hier erzählt klingt schon sehr fantastisch, seid ihr euch sicher, dass das alles genau so geschehen ist?

Na sichi.

Hundert prozentig.

Warte nur auf Kapitel Nummer zwei. Da wird der shit real.

Wie? Das wars?

Ja.

Wirklich?

Jo.

Na gut.

Hipster Viking: Chapter II

Wir schreiben das Jahr 905 n. Chr., etwa 20 Minuten
später. Während Hipster Viking, Finnboy und die
Männer vom ehemaligen Jarl Andreas bekifft in der
Halle saßen, nahte draußen durch den Sturm eine
weitere Gestalt. Als sie das Tor der Halle erreichte,
spähte sie durch ein kleines, pfeifendes Loch, das seit
Andreas' Ausraster dort war. Die Gestalt konnte nicht
viel erkennen, da es sehr nebelig in der Halle war, doch
sie sah ein oranges Licht. Und sie vernahm die Namen,
welche ihr die Nornen geweissagt hatten. In dem Nebel
erhob sich eine der Personen und verkündete: „Zu
später Stunde der Schiss sehr stinkt, doch des Darmes
 Druck dich drängt." Mit diesen Worten verabschiedete
sich Finnboy Richtung Donnerbalken. Die Gestalt vor
der Halle witterte ihre Chance und eilte zum selbigen
Ziel.

**HALT STOP, jetzt übernehme ich wieder. Ich tastete
mich also durch den Nebel in der Halle und kam zu
der Seitentür, durch die ich schon meinen
spektakulären Auftritt tätigte. Draußen war es
dunkel, aber der Weg zum Donnerbalken war mir
wohlbekannt.**

Warum bin ich eigentlich hier?

Das dient alles nur der Unterhaltung der Leser. ;)

Egal. Jedenfalls war die Stimme, die plötzlich

ertönte, mir gar nicht wohlbekannt. „Olaf!" Ich lief
weiter, ich heiße ja nicht Olaf. „Olaf! Bleib stehen!"
Dieser Olaf muss wohl schwerhörig sein, dachte ich
mir und lief weiter. Dann packte eine kräftige, ja
geradezu Mächtige Hand meine Schulter. Jetzt
drehte ich mich um und sah in einen kräftigen, ja
geradezu Mächtigen Bart. „Olaf!", sprach der Bart.
„Warum sagst du diesen Namen? Ich heiße
Finnboy." Der Bart wirkte verwirrt und schwieg
einen Moment. „Nun gut, Finnboy. Sag, ist auch
Björn in dieser Halle?" – „Ja, so fünf oder so. War
in den 80zigern recht beliebt der Name." – „Nein,
ich meine den Björn, Freund und Begleiter von
Finnboy." Ich war verwirrt, was genau dieser
Fremde mit dem Namen Björn hatte. Ich antwortete
ihm: „Ich hab keinen Freund und Begleiter namens
Björn. Aber ich glaube, du meinst die Flachpfeife
von Hipster Viking." – „Hippie Viking? Wer ist
dieser Mann?", fragte der Fremde mit kräftiger, ja
geradezu Mächtiger Verwirrung. „Hipster, nicht
Hippie. Jedenfalls ist er fett, faul und dumm wie ein
Troll. Sein Geruch geht ja noch, aber das Brennen
in den Augen!" Der Bart grinste. „Also schätzt du
diesen Mann nicht besonders?"- „Er kann mich
mal. Und jetzt muss ich erstmal kacken." Ich
wandte mich um und folgte dem Ruf meines Darms.
So wie jetzt auch. Bis später!

Die Gestalt sah kurz dem forteilenden Finnboy nach
und wandte sich dann zur Halle um. Sie ging zu der
Seitentür und weil der bärtige Fremde sehr höflich war,
klopfte er zunächst.

Hippie Viking? Er hielt mich für Hippie Viking? Aus

welchem Universum kommt der denn? Nun ja, jetzt
übernehme ich erstmal wieder. Es klopfte an der
Seitentür, aus der Finnboy doch vor gerade zwei
Sekunden verschwunden war. „Hast du Flitzekacke
gehabt? Oder bist du rückwärts gegen die Tür
gelaufen? Komm schon rein, du Made!" Quietschend
öffnete sich die Tür und der vermeintliche Finnboy
betrat schweigend den Raum. Er setzte sich zu uns ans
Feuer, doch mir fiel auf, dass sich etwas verändert
hatte. „Finnboy, ist dir beim Kacken etwa ein kräftiger,
ja geradezu Mächtiger Bart gewachsen?" Lachend
antwortete er mit kräftiger, ja geradezu Mächtiger
Stimme: „Ihr täuscht euch, Hipster Viking. Euer
Freund ringt noch mit seiner Verdauung."
Da wurde mir bewusst, dass die Kacke am Dampfen
war. Und zwar nicht wegen Finnboy, der draußen auf
dem Donnerbalken hockte. Geht euch das nicht auch
manchmal so? Ihr unterhaltet euch und stellt fest, dass
es gar nicht euer Freund ist, der euch gegenübersitzt,
sondern Manuel Neuer?
„Ich mag keine Fußballer. Das ist mir zu Mainstream."
– „Wovon redet ihr da? Ich bin kein Fußballer, ich bin
der Bezwinger der Bären, der Reiter von Svartfaxi,
Meister der Gilde, ich bin der Mächtige Captain
Hammer!" Er sprang auf und löste seinen Umhang. Als
der Umhang den Boden berührte, leuchtete mein Cappi
auf und zum Vorschein kam eine kräftige, ja geradezu
Mächtige Gestalt mit drei Hämmern am Körper. Ich
war echt beeindruckt, aber viel zu bekifft, um auf
diesen epischen Auftritt zu reagieren und verdammt
 nochmal, ich hatte Bock auf Käse.

Warum auf Käse?

*Warst du etwa noch nie bekifft und hattest Bock auf
Käse? Oh Käse, ich besorg mir Käse!*

Äh, bin ich wieder alleine? Yeah, ich kann meinen Job
machen!
Breit wie er war, fragte Hipster Viking den Mächtigen
Captain Hammer: „Willst du über Äppel reden?"
Captain Hammer war verwirrt. „Ich will nicht über
Obst mit euch reden, ich bin gekommen, um euch zu
vernichten!" Mit diesen Worten griff er an seinen
Gürtel und zog den ersten seiner drei Hämmer. „Der
große Onkel!", rief er Hipster Viking entgegen und
schlug zu. Doch bevor der Schlag treffen konnte, kippte
Hipster Viking bekifft nach hinten, sodass nur die Bank
in Sägemehl zerbarst. Seine Sitznachbarn, die Björn
und Olaf hießen, fielen ebenfalls zu Boden, wobei sie
ihr Bier verschütteten. Als Captain Hammer das sah, tat
er einen Schritt zurück, fasste sich an die Stirn und rief:
„NEIN! Gebot Nummer Vier: Verschütte kein Bier!"
Den Moment nutzte Hipster Viking, um aufzustehen
und sich am Hintern zu kratzen. Captain Hammer war
wieder beisammen und holte zum nächsten Schlag aus.
Hipster Viking jedoch rutschte auf der Bierpfütze aus
und der Schlag pulverisierte einen der Balken, die das
Dach der Halle trugen. Das Dach knirschte und Captain
Hammer blickte empor, um die Qualität und
Haltbarkeit der Konstruktion zu beurteilen. „Solide
Arbeit.", sprach er fachmännisch, da er vieler Fächer
Mann ist. Derweil hinkte Hipster Viking Richtung
Eingangstor und stützte sich auf den ausgestopften
Elch. Captain Hammer wirbelte herum und stürmte ihm
hinterher, den Hammer zum Schlag erhoben. Hipster
Viking nieste kräftig aufgrund seiner Tierhaarallergie
und entging dem dritten Schlag des Captains. Dafür

wurde der Elch getroffen, der sofort alle Haare verlor.
Zornentbrannt griff der Captain mit der linken Hand
nach Hipster Viking und packte ihn an seiner
Holzfällertunika. „Schöne Tunika, die werde ich
behalten.", sprach der Captain, ebenfalls ein Fachmann
in der Forstwirtschaft. Dann hob er den Hammer zum
endgültigen Schlag.

Habe fertig geschissen. Wo sind wir?
Beim endgültigen Schlag.
Durch den die Mauer fiel?
Nein.
Der Turm von Pisa schief wurde?
Nein.
Der den BER fertigstellte?
Der ist doch nie fertig geworden! Nein, ich meine den
endgültigen Schlag im ersten Kampf zwischen Cap und
mir.

**Egal, jedenfalls bin ich jetzt wieder dran. Ich
wandte mich also von der Gestalt ab, die sich später
als Captain Hammer entpuppte. Die Details auf dem
Donnerbalken werde ich euch ersparen. Jedenfalls
saß ich dort und als ich hörte, wie das Dach
knirschte, wischte ich schnell ab und eilte Hipster
Viking zur Hilfe. Ich spürte, die Kacke war am
Dampfen und das nicht nur unter mir. Gerissen wie
ich bin, rannte ich jedoch zum Haupttor und spähte
durch das Loch, welches Andreas vorher
reingeschlagen hatte. Wenn man ruhig war, hörte
man ihn immer noch in seinem Fass schimpfen.
Durch das Loch sah ich meinen Freund Hipster
Viking vor einem nackten Elch im kräftigen, ja
geradezu Mächtigen Griff des Captain Hammers.**

Ich wusste sofort, dass er mich brauchte, denn er ist doch eigentlich nur ein Tollpatsch. Ich riss das Tor auf und sprang Captain Hammer mit der ausgestreckten Hand entgegen. Im letzten Moment gelang es mir, den einen Zopf von Captain Hammers kräftigen, ja geradezu Mächtigen Bart zu touchen. Erschrocken drehte er das Gesicht zu mir und rief: „Can't touch this!" Dann wurde alles in ein grelles Licht getaucht und einen Moment später war Captain Hammer verschwunden und ich landete in einem Haufen Elchhaare.

Hierbei sollte ich vielleicht anmerken, dass ich natürlich genau wusste, dass dies passieren würde wenn man seinen Bart berührte.

Ach ja? Woher denn?

Na ich habe die Charakterbeschreibung gelesen.

Du willst doch nur nicht zugeben, dass du ohne mich aufgeschmissen gewesen wärst.

Lass uns unsere schmutzige Wäsche nicht vor anderen waschen. Ohne Captain Hammer als Fachmann begann das Dach der Halle einzustürzen. Somit trennten wir uns von Olaf, Björn und den vier anderen Björns. Aber schon damals hatte ich im Urin, dass wir Cap nicht das letzte Mal gesehen haben.

Angeln mit den Göttern

Es war ein schöner Nachmittag irgendwo in Norwegen.
Zu dieser Jahreszeit fanden die jährlichen
Angelwettbewerbe in jedem Fjord des Landes statt.
Dies bedeutete Massen an Männern setzten sich in
Ruderboote, fuhren früh heraus und kamen spät abends
wieder. Gewinnen tat jener welcher die meisten Fische
 fing.
Fisch galt hierbei als Einheit. Ein Fisch war mindestens
einen Meter zwanzig lang, alles darunter wurde nicht
gezählt.
Es war schon Mittag doch nur ein einziges Boot trieb
auf dem Fjord in welchem unsere Geschichte stattfand.
Zwei Angler teilten sich das Boot, zwischen Ihnen
Berge von Fisch.
»Glaubst du nicht, dass es ihnen auffällt?«, fragte der
Eine.
»Auffällt? Was auffällt?«, antwortete der Andere.
»Naja, wir haben in sämtliche Boote im Umkreis von
drei Dörfern Löcher gebohrt. Wenn wir die Einzigen
sind die fahren können, denkst du nicht, dass die alle
ganz schön pissed off sein werden, Hipster Viking?«
Ja, wer hätte es gedacht, Finnboy und Hipster Viking
waren Angler. Vielleicht nicht die fairsten aber nach
momentanen Stand wohl die erfolgreichsten dieses
Wettbewerbs.
»Finnboy, mach dir keinen Kopf, die rallen das doch
nie. Wir haben doch extra überall diese Graffities
verteilt.«, Hipster Viking war sich seiner Sache
scheinbar sehr sicher.

»Naja, aber du hast überall hingeschrieben: `Captain Hammer war hier', und letzte Woche erst hast du Allen erzählt wie wir ihn bezwungen haben. Einige Leute könnten da Schlüsse ziehen.«

»Und wenn schon, was wollen die denn tun?«, Hipster Viking interessierten Finnboys Ängste nicht. Er wollte nur diesen Wettbewerb gewinnen.

Zu gewinnen gab es einen Korb voll Trockenfleisch und einen Einkaufsgutschein für Uppsala.

Sicher fragen sich einige von euch nun: `Uppsala? War das nicht ein heiliger Ort in Schweden?' und ihr habt recht. Jedoch war dieser Ort nur heilig da dort ein riesiger IKEA Markt stand in dem man einfach alles bekam.

Von Socken über Möbel bishin zu Sklaven und Hot Dogs.

Zurück zu den beiden Anglern.

Alles was unter der besagten Mindestlänge war benutzen die beiden wiederum um größere Fische zu fangen. Kein Fisch war den beiden groß genug und so saßen Sie dort schon seit Stunden obwohl Sie keinerlei Konkurrenz hatten.

Heyho, sage mal warum gibst du uns eigentlich nicht Bescheid wenn du weiter schreibst?

Ja man, gar nicht mal so nett von dir. Wir sind doch ein Team!

Ein Team? Verflucht und zugenäht, diese Geschichte schreibe ICH!!!

*Aber du schreibst unsere Abenteuer auf und ganz
ehrlich gesagt ist dein Schreibstil ziemlich öde.*

Öde? Du bist eine Figur meiner Fantasie, ihr beide seid
das! Also schweigt! Ihr seid nicht echt!

*Wäh Wäh Wäh.. ihr seid nicht echt.. ich hab Fantasie..
wäh wäh wäh…
Wenn wir nicht echt sind, warum kann ich dann das?*

Aua! Verdammt. Was war das?

Glaube mir, dass willst du nicht wissen.

*Finde dich damit ab dass wir hier sind. Und jetzt leg
die Beine hoch und lehn dich zurück. Ich übernehme!!*

*Seit Stunden trieben wir nun allein auf dem Fjord
herum doch es wollte einfach kein Mistviech beißen das
groß genug war um uns zufrieden zu stellen.
Wir waren am Durchdrehen und uns gingen die Ideen
aus als plötzlich ein weiteres Boot von der Ferne auf
uns zu kam.
»Kacke verdammte, Finnboy du hast ein Boot
übersehen!«, ich war verdammt wütend.
»Nein man, das kommt vom offenen Meer hierher!«
Finnboy hatte recht. Wer auch immer dort auf uns zu
fuhr kam vom offenen Meer. Das heißt der Typ war
entweder komplett bescheuert oder…*

THOR!!!

*Finnboy, ich erzähle gerade… du hast mir die Pointe
geklaut!*

**Egal. Jedenfalls kam Thor auf uns zu und rief schon
aus der Ferne: »Freunde, seid ihr erfolgreich?«
»Das kommt ganz darauf an, gefangen haben wir,
allerdings nichts was unseren Ansprüchen
entspricht.«, rief ich ihm zurück während Hipster
Viking sämtliche Wetzsteine versteckte welche er
immer bei sich trug.
Ihr kennt doch die Geschichte von wegen, sobald
man einen Wetzstein wirft hat Thor schreckliche
Kopfschmerzen aufgrund des Stücks welches in
seiner Stirn klebt??
Nun ja, Hipster Viking und ich machten uns daraus
gerne ein Spaß beziehungsweise nutzen wir es für
special Effects wie das Unwetter im ersten Kapitel ;)**

*Das wollten wir nicht verraten du Idiot! Gibt direkt nen
Downvote für deinen YouTube Channel, Mister!!
Kommentar: Spoileralarm!!!*

**Egal. Jedenfalls kam Thor bis an unser Boot heran.
»Ich bin Thor Odinsson und wie heißt ihr,
Sterbliche?«, fragte der Donnergott.
»Finnboy und Hipster Viking«, antwortete ich
sofort.
»Hipster Viking und Finnboy!«, sprach Hipster
Viking.
»Nun Freunde, es betrübt mich seit langer Zeit ein
Problem der Angelkunst, würdet Ihr mir Rat
geben?«, fragte der blonde Hühne.**

»Wir helfen wo wir können, was gibt es denn oh

großer Donar?«
Ihr denkt jetzt wahrscheinlich: Warum kriecht
Finnboy so in Thors Hinterteil?
Wie der Zimmernachbar meines Ur-Ur-Ur-
roßvaters Onkel, mütterlicher Seite zu sagen
pflegte: Attack den nicht from der Site!
Das bedeutet so viel wie: Leg dich nicht mit dem
Gott an der nen magischen Hammer hat.
Außerdem könnte es doch nützlich sein solch einen
auf seiner Seite zu wissen sollte die Kacke mal
wieder am Dampfen sein.
»Ich möchte die Midgardschlange fangen. Doch
benötige ich einen passenden Köder und bisher ist
mir keiner gelungen.«
»Das ist doch ein Kinderspiel!«, sprach Hipster
Viking.
»Meine Oma sagte immer: „Dit Schlangenviech
fängst de bloß mit nem ordentlichen Bullen in
Honig-Senf Soße, dit wees doch jeder Dicker!«

*Was?? Niemals… Sie sagte: „Dit Schlangenviech
musste mit nem in Bier eingelechten Ochsen anlocken
und denn haust dem een zwischen de Kiemen!"*

Oder so…

*Ja ja ja… Ich erzähl mal lieber weiter.
Thor war ganz schön baff über mein überkrasses
Wissen.
Ich denke er hatte sich auch ein wenig in mich
verknallt... wer könnte diesem prächtigen Bart schon
widerstehen.
»Meine Freunde, wollt ihr mich begleiten? Wollt ihr
zusammen mit mir die Schlange fangen und Sie*

niederschlagen?«, fragte der blonde Schnösel.
»Eine Hand wäscht die andere Thor. Wenn wir dir
helfen dann musst du uns den Becher schenken der nie
leer ist, klar?«, Finnboy sah mich entsetzt an. Er
dachte wohl, ich weiß nicht was ich tue.
»So soll es geschehen.«, antwortete Thor wenige
Sekunden später.
Verhandeln kann ich.

Einige Tage später trafen wir uns dann an einem
vereinbarten Ort samt Ochsen.

Moment. Was war denn mit dem Wettbewerb? Wie war
die Reaktion der Leute?

Naja, wie ich es gesagt habe. Alle dachten es wäre
Captain Hammer gewesen.
Wir haben gewonnen. Wie ich mich schon auf unsere
Shopping Tour in Uppsala freue.

Das kann ich nicht glauben. Ihr wart die einzigen mit
funktionierendem Boot. Wieso ist das keinem
aufgefallen?

Um ehrlich zu sein ist es einigen aufgefallen... aber das
kommt später.

Leute, im Ernst… lasst mich doch auch mal meinen Job
machen und etwas schreiben.
Bitte!?

Ja ja, versuch es doch aber wehe du erzählst es nicht
so cool wie es war.

In Ordnung. Ich streng mich an.

Hipster Viking, Thor und Finnboy begannen also den
Köder vorzubereiten.
Während dessen sangen sie Lieder und erzählten sich
abwechselnd Geschichten über die größten Fische die
sie gefangen hatten.
Natürlich übertrieb jeder Maßlos. So läuft das bei
Anglern nun einmal. War der Fisch einen Meter in
Wirklichkeit so war er in einer Geschichte mindestens
das Dreifache lang.
Demnach fing Thor eines Tages einen Blauwal, welcher
einen ganzen Kontinent auf dem Rücken trug. Hipster
Viking und Finnboy fingen laut ihrer Geschichten einen
intergalaktischen Silberhai.
Das diese Haie allerdings mehrere Galaxien von ihnen
entfernt lebten wollten die beiden nicht wahrhaben.

Nach all dem Gepose ging es endlich mit dem Angeln
los.
Es dauerte nicht lang da biss die Midgardschlange
tatsächlich an.
Bis zu diesem Moment hielt jeder, einschließlich
Hipster Viking, einen in Bier eingelegten Ochsen für
kompletten Schwachsinn.
»Finnboy, das sollte gar nicht klappen... ich meine, ein
in Bier eingelegter Ochse? Ich kannte meine Oma nicht
einmal.«, flüsterte Hipster Viking in Finnboys Ohr
worauf dieser anfing laut zu lachen.
»Steht dort nicht so rum! Helft mir, Freunde!«, brüllte
Thor über den Strand.
Kurz darauf liefen die beiden ins Wasser und griffen an
das Tau.

Der Kampf ging nun schon einige Minuten und die
Midgardschlange fing an müde zu werden doch dann
riss das Tau.

»NEEEEIN!«, der Sohn Odins tobte vor Wut.
»Was ist geschehen?«, fragte er die beiden.
»Naja, der Tau ist gerissen. Das kann passieren. Beim
nächsten Mal musst du wohl ein stärkeres nehmen.«,
antwortete Finnboy bevor die Situation eskalierte und
der Donnergott die beiden mit Blitze jagen konnte oder
noch schlimmer Mjollnir nach ihnen werfen konnte.

Moment mal.
Gibt es da einen Zusammenhang zwischen Thor und
Captain Hammer? Ich meine beide haben Hämmer und
beide rasten schnell aus. Ist Cap etwa Thors Sohn?

Was? Nein.
Es sind nun mal beide Wikinger mit viel Kraft. Und
Hämmer sind schon irgendwie cool.

Na gut. Ich werde dir wohl glauben müssen. Du
scheinst dich ja gut auszukennen.

Der Abend danach war eine der größten Partys die wir
je hatten!
Es gab einfach alles, Frauen, Alkohol, Fleisch und
ordentliche Prügeleien.
Eine Party wie es im Buche steht.
Und Thor schuldete uns trotz des Verlustes den nie leer
werdenden Becher.
Ich wünschte wir hätten zwei davon. Oder gleich ein

*Egal. Jedenfalls sammelten wir unser Zeug zusammen
und beschlossen uns in der nächsten Taverne ordentlich
die Rübe wegzuballern.
Wir betraten diesen Puff und was soll ich sagen…
Einen Gott bei sich zu haben eröffnet einem Welten von
denen so manch ein kleiner Zwölfjähriger feuchte
Träume hat.
Im Ernst, so einen Traum in dem man alles machen
kann und alle das machen was man will... allerdings
kommt irgendwann der Moment in dem man aufwacht
und man merkt, dass man einfach nur pissen muss wie ein Stier.*

Das sind meine Lieblingsträume.

Wer mag diese Träume denn nicht?

Hey, fragt mich mal wie ich geschlafen habe…

Wie hast du geschlafen?

Wie nen Motorrad!

Und wie bitte schläft ein Motorrad?

Na seitlich mit Ständer!

Ba dum tzz… du hattest echt schon bessere, Finnboy.

Egal. Jedenfalls…
NEIN! Ich mach weiter…
Jedenfalls kamen all die hübschen Damen zu uns und begehrten diesen Thor.
Wir tranken aus dem versprochenen Becher, gemeinsam mit vielen der Dorfbewohner welche sich immer noch über die kaputten Boote ärgerten und grölten die versautensten Lieder aller Welten. Dieser Thor mag vielleicht ganz hübsch sein und den ein oder anderen netten Trick auf Lager haben aber der Gott der Hipster Viking und Finnboy unter den Tisch trinkt, der muss erst noch erfunden werden.

Das ist Blasphemie!!

Dein Gesicht ist Blasphemie, Alter!
Nun wir tranken und tranken und ab und an tranken wir auch zwei.
Thor erreichte den Punkt der Gefühlsduselei und beschwerte sich über den Tau und seinen Misserfolg als ich…

Ooooooh… das will ich erzählen.

Warum?

Naja ich bin mir ziemlich sicher, dass du nicht die gesamte Geschichte erzählen kannst.

Da könntest du recht haben.

Thor jammerte also über seinen Misserfolg als
Hipster Viking plötzlich raushaute:
»Hör auf zu jammern, da schneidet man einmal n
Tau durch und plötzlich weinen sämtliche Götter die
ich kenne.« * hicks *
Plötzlich war alles ruhig doch der Tresen begann zu
beben.
»Was sagst du da, Sterblicher?«, sprach Thor
gereizt.
Ich versuchte Hipster Viking Zeichen zu geben auf
das er seinen Mund halten sollte, doch wie er im
Suff nun mal ist winkte er mir ab und wandte sich
an Thor.

»Messer, ritz ratz Tau, Tau kaputt, schwupps, Gott
heult rum, wäh wäh...«, das Beben des Tresens
wurde immer stärker und Thor fragte erneut: »Was
sagst du da, Sterblicher?« - »Sag mal hast du
Walscheiße in den Ohren? Ich hab das Tau
durchtrennt. Wieso sollst du sowas fangen dürfen?
Die sind vom Aussterben bedroht!« Ein denkbar
ungünstiger Moment um sich dem Umweltschutz
zuzuwenden.

*Es gab nen schicken Jutebeutel zu der Mitgliedschaft
dazu!*

Oh man. Ist das dein Ernst?

Egal. Jedenfalls stand Thor auf und im selben
Moment flog seine Faust direkt in Hipster Vikings
Gesicht, welcher sofort ohnmächtig wurde.

Das war nen Lucky Punch. Nichts weiter.

Genau… denk das ruhig weiter.
Thor war außer sich. Und so ging er auf mich los.
Sein Problem war jedoch das ihm der
Selbstgebrannte von Björn ziemlich zusetzte.
Er trat also zwei Schritte in meine Richtung und
kippte um wie ein gefällter Baum.

Wow. Also willst du uns weiß machen, dass ein Gott
keinen Schnaps abkann?

Das war nicht irgendein Schnaps… das war Björns
Godkiller. Das Zeug ersetzt deine Leber instant
durch nen Wodkafass.

Warte mal, daran kann ich mich gar nicht erinnern?

DU WARST JA AUCH BEWUSSTLOS!!!
DU WARST JA AUCH BEWUSSTLOS!!!

Das hab ich auch nicht mitbekommen…

Egal. Jedenfalls war Thor aus dem Rennen und ich
packte so schnell wie möglich Hipster Viking, warf
ihn auf den nächsten Karren und lies die Gäule
rennen als würde ihr Leben davon abhängen.
Dabei wurde ich sogar geblitzt. Nicht einmal auf der
Flucht vor einem Gott ist man sicher vor diesen
Radarfallen.

Hey, das weiß ich. Da wurde ich wach.
»Verdammt nochmal, der Godkiller hatte es aber in
sich, wie kommen wir denn auf den Karren?«, fragte

*ich Finnboy welcher panisch aufschrie da er ja dachte
ich würde schlafen.*
*Daraufhin erklärte er mir was ich sagte und wie Thor
reagierte.*
*„Wir haben nen Gott unter den Tisch getrunken und
wissen den optimalen Köder für die Midgardschlange."*
*Wir freuten uns wie kleine Hipster beim Kauf ihrer
ersten Jordans.*

Warte mal, ihr meintet eben noch das du das Seil
durchtrennt hast um die Schlange vor dem Aussterben
zu retten?

*Das hast du geglaubt? Es gibt nur EINE fucking
Midgardschlange… hätte dieser Trottel von Gott die
bekommen, wo wäre dann der Ruhm für uns gewesen?*

Du wolltest die Schlange also für dich allein? Aber mit
welcher Kraft wolltest du Sie denn an Land
bekommen?

*Diese Geschichte möchte ich mir als mögliche Option
für ein weiteres Kapitel aufsparen.*

Okay. Also war es das?

Noch nicht.
*Wir ritten also um unser Leben immer weiter gen Osten
bis wir auf dieses Schild trafen.*

Schild? Was für ein Schild?

Ich zitiere: „Biete Fährüberfahrt nach Uppsala.

Benötige Zahnersatz als Bezahlung.“

Und?

Ach weißt du, das wäre zu lang für dieses Kapitel.

Also eine separate Geschichte?

**Klar! Glaub mir, die hat alles was man sich
wünscht.**
**Shoppingtouren, Friseure, Maniküren und
abgefahrene Zufälle.**

Welcher Mann wünscht sich denn so was?

Nach der Geschichte wünschst du dir das!!!

Ich bin gespannt.

____

Nachwort:
Liebe Leser, folgenden Abschnitt schrieb ich in einem
versteckten Ordner den die beiden Typen hoffentlich
nicht entdecken werden.
Nachdem Finnboy Hipster Viking raus auf den Karren
brachte geschah noch etwas sehr Wichtiges in der
Taverne.
Thor lag besinnungslos auf dem Boden als ein alter
Bekannter der Raum betrat. Ja genau, Captain Hammer.
Der ganze Raum wurde stumm und blickte auf ihn bis
Olaf anfing zu brüllen: »Ey, das ist dieser Captain
Hammer der unsere Boote beschädigt hat! Schnappt ihn
euch!“«

Ohne zu zögern griffen sämtliche Männer Captain
Hammer an doch dieser holte seinen Hammer MirMir
aus dem Gürtel und schlug sämtliche Wikinger nieder.
Als alle lagen entdeckte Captain Hammer den
bewusstlosen Thor, weckte ihn und half ihm auf.
»Dies ist eine kräftige, ja geradezu Mächtige Beule an
eurer Stirn, oh großer Thor!«, sprach er.
»Wie?«, entgegnete ihm der Donnergott.
»Wie es aussieht haben euch Hipster Viking und sein
Begleiter Finnboy besoffen gemacht um euch zu
verhöhnen.«, antwortete der Captain.
Wütend stand Thor auf und blickte sich um: »WOOO??
Wo sind diese Unholde?«, schrie er.
»Ich fürchte die werden wir so bald nicht mehr sehen.«
»Sagt mir, Fremder, warum sind alle hier Anwesenden
bewusstlos?«, fragte Thor.
»Ich schlug sie nieder mit meinem Hammer.«,
antwortete der Captain.
»Mit eurem Hammer?« - »Ja mit MirMir, ein schlichter
und dennoch wirksamer Hammer im Kampf gegen
mehrere.«
»Nun-«, sprach Thor: »Lasst mich diesen Hammer zu
mir bekannten Zwergen bringen und aus eurem MirMir
wird ein kräftiges, ja geradezu Mächtiges Instrument!«

Und so zogen Captain Hammer und Thor los um des
Captain's Hammer zu verbessern.
War dies der Beginn einer langen Freundschaft? Wir
werden sehen.

Shoppen in Uppsala

Uppsala…

Uppsala?

UPPSALA!!!

Shoppen in Uppsala, der Traum eines jeden hippen
Wikingers.
Und gerade tat sich eine Möglichkeit für unsere beiden
Protagonisten auf um schnellstmöglich dorthin zu
gelangen.
»Also was genau meinst du mit `Zahnersatz'?«
Hipster Viking und Finnboy folgten einem Schild
welches besagte, jemand biete eine Fährüberfahrt für
Zahnersatz.
»I hob keime Mähne mehr.«, antwortete der alte Mann,
der dort am Bootssteg auf Kunden wartete.
»Ich verstehe dich nicht, hör auf zu nuscheln!«,
entgegnete Hipster Viking ihm.
»I hob keime Määäähne mehr!«, antwortete der alte
Mann nun lauter und deutete auf seinen Mund.
»Alter! Fängst du an zu sabbern? Ist ja ekelhaft!«
»Mann Hipster Viking, der Alte braucht nen paar neue
Beißer!«, Finnboy war wie immer Herr der Lage.
»Na warum sagt er das dann nicht? OK WIR
BESORGEN DIR NE NEUE KAULEISTE!«, brüllte
Hipster Viking dem Mann entgegen.
»Alter, er ist nicht taub. Er hat nur keine Zähne mehr.«,
manchmal wünschte sich Finnboy, er würde irgend
einen Gott finden der Hipster Viking etwas mehr

Rechenleistung einbauen könnte.

Die beiden waren auf der Flucht und hatten somit keine
Zeit zu vergeuden.
»Woher zum Teufel bekommen wir denn jetzt nen
Gebiss für den Alten?«, fragte Finnboy.
»Ich hab da ne Idee. Gleich hier um die Ecke ist eine
Zweigstelle der Schmiedeeisernen Gilde. Wenn denen
nichts einfällt, dann wohl niemandem.«, antwortete
Hipster Viking voller Stolz über seinen Einfall.

LEUTE! Ich habe den Kater meines Lebens.

Finnboy? Was hast du denn gemacht?

**Na gesoffen. Ich war gestern mit Kumpels von der
Gilde unterwegs und verdammt, dieser Haufen
Schmiede verträgt ne Menge. Der Troll setzt dem
Ganzen echt noch einen drauf und tada ich weiß
nicht mehr was in den letzten zwei Tagen geschehen
ist.**

Das passt ja. Ich fing gerade an von eurem
Aufeinandertreffen wegen des Gebisses zu schreiben.

**Oh ja, das war schon eindrucksvoll. Darf ich
übernehmen?**

Ja natü… Warte mal, hast du gerade nachgefragt ob du
das darfst?

Jo.

Ich glaub mich beißt ein Affe.

Egal. Jedenfalls machten wir uns auf zum örtlichen `Schmiedeeiserne Gilde' Clubhaus direkt um die Ecke. Zu diesem Zeitpunkt kannte ich die Truppe nur vom Hörensagen und ich muss zugeben, ich hatte ein wenig schiss vor dem was ich mir vorstellte.

Wir klopften also an das riesige Eichenholztor und nach wenigen Sekunden hörten wir lautes Stampfen auf der anderen Seite. Das Tor ging langsam auf und vor uns stand plötzlich eine riesige Gestalt. Felle samt Fleischresten hingen um den Korpus dieser Gestalt. Es stank gewaltig. »Wer, Troll?«, sprach die Gestalt.

»Hey Troll, hier unten Homie.«, sprach Hipster Viking und machte dabei einige sehr dumm aussehende Handzeichen. Ich denke er wollte das Westcoast Zeichen machen. Ihr wisst schon, dieses Fingerkreuzen das die ganzen Hip Hop Typen immer machen.

»Hipster Viking, Troll? FREUND!«, rief das Wesen laut, fing an zu tanzen und hob Hipster Viking in seinen Arm. So nah an nah sahen die beiden sich verdammt ähnlich. Als wären es Brüder, eventuell Zwillinge.

Aber das ist ja gar nicht möglich, welcher Uterus sollte so viel Dummheit gebären?

Der Troll bat uns herein und ich sage euch sowas habt ihr noch nicht gesehen.

Dieser Ort war im Grunde eine riesige Themenkneipe.

Ein überdimensional großer Blasebalg und eine Esse, auf der man Wettrennen veranstalten könnte, nahmen den hintersten Bereich dieser Halle ein.

**Einige Meter davor stand ein Amboss von der
Größe eines Elefanten.
Alle paar Meter lagen leer getrunkene Metfässer
und Kronkorken, so groß wie Gullideckel. Eine
Discokugel hing an der Decke und reflektiere das
Feuer der Esse.**

**»Wer zum Teufel soll denn hier arbeiten können?«,
fragte ich. »Solch große Menschen gibt es doch gar
nicht.« Kaum hatte ich dies ausgesprochen kam eine
gewaltige Gestalt aus einem anderen Raum. Sie sah
aus wie ein normaler Mensch, jedoch in XXXL. Ich
meine, womit wurde der gefüttert? Ich habe ja
schon viel von Riesen gehört, aber das da war
weitaus mehr als ein Riese!**

*Bei den Göttern, ich habe nen Brummschädel der
Extraklasse.*

Ah. Hipster Viking war gestern also mit euch einen
trinken?

Nicht das ich wüsste.

*Trinken? Nein man, ich habe mir gestern nen Dübel
von Größe eines Hundes reingepfiffen. Da gibt's so ne
Website auf der man Baupläne für abgefahrene Tüten
findet.*

Und mit wem?

Ich versteh die Frage nicht ganz.

Na mit wem hast du diesen hundgroßen Blunt

geraucht?

*Na mit mir? Ich meine mit wem denn sonst? Gestern
war Mittwoch und Mittwoch ist Waschtag.*

Ähm. Gestern war Sonntag.

Niemals.

**Doch Alter. Ich hab dich auch seit Tagen nicht
erreicht. Wir wollten doch Pokemon jagen gehen.**

*Aber da war doch dieses Relaxo. Wir lagen ein paar
Stunden zusammen herum und irgendwelche Leute
versuchten uns mit Flötenmusik zu beeindrucken.
Haben uns kaputt gelacht.*

**Hipster Viking, es ist Montag und es gibt keine
Pokemon. Du warst einfach mal wieder breit wie der
Grand Canyon.**

*Mhm. Vielleicht. Wir werden es wohl nie rausfinden.
Aber wo seid ihr stehen geblieben?*

**Ich beschrieb grade die Riesen der
Schmiedeeisernen Gilde.**

*Alles klar, dann lass mich hier mal übernehmen.
Nun meine Gildenkumpels sind ziemlich kräftig
gebaute Gestalten wobei das auf ihrer Erde wohl der
Standard ist.*

Auf ihrer Erde???

Ja, die sind durch ein Portal aus ihrem Universum in unseres gefallen.

Anderes Uni… Ach weißt du was. Erzähl weiter, ich rall es nicht.

Wie gesagt, die Jungs sind riesig.
Der Kerl, den Finnboy hier beschreiben wollte, war `DER GESELLE`. So nannten Sie ihn.
Er, der Troll und der Meister (welcher gerade in der Badewanne lag) waren die Gründungsmitglieder der Schmiedeeisernen Gilde. Schon in ihrer Welt waren sie wohl sehr beliebt und erfolgreich und dies versuchten sie hier wieder aufzubauen, während sie versuchten einen Weg zurück zu finden.
»Jo Hipster Viking, was geht ab Dicker? Wer ist der Kerl da bei dir?«, Der Geselle freute sich natürlich mich zu sehen.
»Jo Homie, das ist mein Sidekick Finnboy!«, antwortete ich.
Der Geselle begutachtete Finnboy von Nahen indem er ihn mit einer Hand packte und hochhob.
So nahe beieinander sahen sich die beiden ziemlich ähnlich.
Langes köterblondes Haar, einen Bartzopf am Kinn und ziemlich dürre.
Der Geselle setzte Finnboy wieder ab.
»Man ist der hässlich.«, flüsterte Finnboy mir zu.

»Nun Freunde, wie kann die Gilde euch behilflich sein?«, fragte der Geselle.
»Wir brauchen ein neues Gebiss für so nen alten Knacker, der uns nur so nach Uppsala befördern möchte.«, sprach ich.

*»Mhm, nach Uppsala? Nun ich kann euch helfen, wenn
ihr mir etwas mitbringt.«*

*Eine halbe Stunde später standen wir mit einem golden
schimmernden Gebiss vor dem alten Mann. Er setzte es
ein und es passte perfekt.*
»Geile Verarbeitung!«, der alte Mann war begeistert.
»Made by Der Gilde.«, antwortete Finnboy.
»So Jungs dann steigt ein und wir düsen los.«
*Und der alte Mann meinte was er sagte, denn das war
nicht irgendein Boot, es war ein Fjordbreaker5000.
Das neuste Modell der Floki Baureihe. James Bond
wäre neidisch auf dieses Boot. Es gab alles was das
Herz begehrte und das große Doppelsegel sorgte dafür,
dass man in Null-Komma-Nichts am Ziel war.
Am Steuer stand der alte Mann der seit Beginn der
Fahrt an breit grinste.
So konnte man die Buchstaben auf den vorderen
Zähnen gut lesen auf denen stand: `Gilde Bitch`. Und
so fuhren wir über das offene Meer in Richtung
Uppsala.*

Hipster Viking?

Geht es irgendwann mal weiter?

Hallo?

**Ich glaube der hat uns einfach sitzen lassen.
Möchtest du weiter machen Schreiber?**

Gerne.
Drei Tage dauerte die Überfahrt bis unsere beiden
Helden schon von weitem den riesigen Schriftzug
sehen konnten: UPPSALA – Worlds first IKEA
Sie waren aufgeregt wie Hunde, wenn das Herrchen
nach Hause kommt.
Sie legten an und rannten den Berg hinauf.
Für ihre Shoppingtour hatten sie gerade einmal acht
Stunden Zeit, dann wollte der alte Mann zurück fahren.
Auf der Bergspitze angekommen sahen sie vor sich…

**Eine riesige, verdammte Einkaufsschlange schon
vor dem Eingang!!!**

Genau. Zu dieser Jahreszeit fanden sich Reisende aller
Länder hier ein. Wie ihr euch erinnert, fand vor kurzem
erst ein Angelwettbewerb in jedem Fjord der Küste
statt. Sämtliche Gewinner samt Familien fanden sich
demnach gerade jetzt in Uppsala zusammen.

»Ich hasse Touristen!«, wütete Hipster Viking.
»Ja man, die nerven wie die Pest!«, antwortete Finnboy.
Nun, die beiden hatten keine Wahl, also standen sie in
der Schlange.
Natürlich schubsten sie und verwendeten fiese Tricks
um die Leute zu überholen, dennoch brauchten sie zwei
Stunden um den Laden überhaupt zu betreten.
In den Hallen erspähte Mann allerlei Zeugs. Es gab
Spezialitäten aus allen Winkeln der Erde. Chinesische
Kräuter, italienische Pasta, griechischen Marmor,

deutschen Stahl, afrikanische Elefanten, indische
Hotline Mitarbeiter, japanische Maniküren und
römische Friseure.
»Hipster Viking, eine Axt für jede Maniküre! Solange
der Vorrat reicht«, rief Finnboy und die beiden rannten
los um sich eine Axt zu sichern.

**Na, verstehst du jetzt warum ein Mann sich ne
Maniküre wünschen kann?**

Ich kann es nachvollziehen.

**Aber nach der Maniküre ging es ja erst richtig los.
Wir rannten in Richtung Küchenbedarf da uns vor
kurzem erst der Topf durchgerostet war. Also
besorgten wir uns einen Neuen und mit ihm eine
Sammlung Göffel und Holzbecher. Die gab es alle im
Set für gerade mal nen Fuffie.
Im Hintergrund lief die ganze Zeit Amon Amarth,
das war ne Truppe Wikinger die nen riesen- Chart
Einstieg hatten mit ihrer metallernen Musik.
Hipster Viking hatte die Jungs schon gemocht als sie
noch in kleinen Methallen und auf Hafenfesten
spielten, aber so war das mit Hipster Viking, alles
was er mochte, und war es noch so unbedeutend und
klein, irgendwann mochten alle genau das.**

**Jedenfalls kamen wir in die Abteilung des
Motivationscoachings.
Wir kamen gerade zu der Zeit zum Vortrag: »Wie
werde ich als Jarl ernst genommen?«
Und jetzt ratet mal wer dort auf der Bühne stand?**

Niemals.

Oh doch!

Jarl Andreas. Der cholerische Mistkäfer aus dem ersten Kapitel.

Er stand auf der Bühne und fing den Leuten an zu erzählen wie man ernst genommen wird. ER! Ich meine hallo? An dem ist scheinbar was vorbeigegangen.

Doch die Leute standen dort und lauschten seinen Worten.

»Du bist scheiße!«, rief Hipster Viking.

»Ja, Jarl Arschgesicht!«, rief ich.

Andreas versuchte uns zu ignorieren doch wir machten natürlich immer weiter.

»Du hast ja gelernt wie man eine Hose trägt, wie ist das so?«, wir liefen auf Hochtouren. Andreas Kopf wurde immer roter jedoch riss er sich wirklich am Riemen.

Dann kam ein junger Mönch an uns vorbei mit einem Sack voll Gemüse.

Wir nahmen ihm den Korb ab und bewarfen Andreas mit den faulen Stücken vom Boden des Sacks.

»Hey, das sind Gottes Früchte. Diese sind für die Armen und Hungernden!«, weinte der Mönch uns vor.

»Ja ja, euer Gott ist wie nen Mädchen während ihrer Periode.«, antwortete ich.

»Ein Mädchen während ihrer Periode, Herr?«, fragte der Mönch verdutzt.

»Unerträglich weinerlich! Such dir nen Mädel Junge und lass dir mal nen paar Haare wachsen.«

Mit einem Tritt verabschiedete ich dieses

kümmerliche Wesen.
Andreas stand mittlerweile in einem Haufen faulem
Gemüse und Hipster Viking bekam sich nicht mehr
ein vor Lachen. So erging es nun dem halben
Publikum und der Moment auf den wir gewartet
hatten traf ein.
»MANN JETZT HALT DEINE SCHNAUZE!!«,
brüllte Andreas, Spucke schleudernd in unsere
Richtung. Wir waren vorbereitet und versteckten
uns hinter zwei großen Berserkern, welche absolut
nicht begeistert waren voll mit Spucke zu sein.

Lass mich raten, es gab eine Prügelei?

Und was für eine!

Gut dass du dich gerade meldest. Könntest du mal
übernehmen. Ich hab mir ne Pizza bestellt, die will
ich jetzt erst mal verdrücken.

In Ordnung.
Nachdem die beiden eine große Prügelei angezettelt
hatten, welche sich durch den gesamten vorderen Teil
des Marktes erstreckte, hatten die beiden eine Menge
Platz und mussten sich nicht von Gang zu Gang
drängeln, da alle zur Prügelei liefen.
Ganz in Ruhe konnten sie sich so die Tierabteilung,
Musikabteilung, Gartensparte, Dekorationsecke und
den Möbelbereich angucken.
»Hier ich hab sie!«, rief Finnboy in der Hoffnung, dass
Hipster Viking ihn hörte.
Doch dieser war gerade damit beschäftigt, sich
Autogramme von Amon Amarth zu organisieren.
Finnboy trug eine riesige Packung mit Socken und

Schlüpfern mit sich, dies war die Bezahlung für das
Gebiss, welche sie dem Gesellen schuldeten.
Man kann sich jetzt fragen, ob das gerecht ist, aber
dazu muss man sagen, dass es nur hier Socken und
Schlüpfer für Riesen gab, obwohl die Halle nicht für
den Besuch von Riesen ausgelegt war.
Hipster Viking kam von der Bühne zurück mit einem
riesigen Haufen Merchandise im Arm.
»Finnboy, guck dir das an... noch mehr Äxte!!«, Hipster
Viking war überglücklich.
»Also ich habe jetzt eigentlich alles was ich brauche,
und du?«, fragte Finnboy schon ziemlich erledigt durch
das Ziehen sämtlicher Einkaufskarren.
»Klar, lass uns zurück zur `Fliegenden Jungfrau‘«,
antwortete Hipster Viking.
`Fliegende Jungfrau‘ war der Name des Bootes mit dem
die beiden ankamen.

An der Kasse angekommen trafen sie auf einen
ebenfalls alten Bekannten.
»Olaf, du alte Krähe!«, entgegnete Finnboy ihm.
»Wie ist es dir ergangen seit jenem Abend?«
»Hipster Viking, Finnboy, es ist schön euch zu sehen!
Bock nen Björn zu bügeln?«, Olaf war einer der
Männer die unter Jarl Andreas angestellt waren.
Mittlerweile war er ein erfolgreicher Wegelagerer.
Mehrere Wegelagererpunkte in ganz Skandinavien
standen unter seiner Kontrolle.
Dadurch kam er an den besten Stoff nördlich von
Dänemark.
»Na sichy, Dicker!« so wurde der Plan, sofort zum
Boot zurück zu kehren, über Bord geworfen und die
drei rauchten mal wieder eine Friedenspfeife.

Sie saßen gemütlich am Ufer mit Sack und Pack als
sich eine junge Dame näherte.
»Entschuldigt meine Herren«, eine blonde
valkyrenartige Frau stand dort; »reist einer von euch
vielleicht nach Norwegen?«
»JA WIR!«, Finnboy sprang auf und war sichtlich
erfreut.
»Nun, hättet ihr eventuell noch ein wenig Platz für
mich und meine Ausrüstung auf eurer Reise?«,
entgegnete die Frau.
»Natürlich! Kommt in meine Kammer und schlaft mit
uns!«, auf diesen Spruch von Finnboy guckte die junge
Frau verdutzt.
»Ähm ich meinte... Kommt mit uns und schlaft in
meiner Kabine.«, Finnboy lief rot an, doch die Fremde
schien dies nicht schlimm aufgenommen zu haben.
»Es würde mich sehr freuen euch begleiten zu dürfen,
Herr…« - »Oh Finnboy bin ich und das ist Hipster
Viking!«
»Ja der Hipster Viking, der hier scheinbar gar nicht
gefragt wird.«, er war nicht ganz so begeistert.

**Genug Pizza für heute. Hat sich Hipster Viking
schon zurück gemeldet?**

Nein, kein einziges Wort.

**Mhm, na gut. Ich übernehme dann wieder…
Ich plante schon mein ganzes Leben mit dieser
Frau. Haus, Kinder, Axtsammlung, Jagdhütte,
Feuer, nackte Brüste, total versau-**

Ähm, Finnboy? Ich denke, das gehört hier nicht her.

Egal. Jedenfalls war ich verknallt!
Also machten wir uns auf zur `Fliegenden Jungfrau‘
um unseren Weg nach Hause zu bestreiten.
An Deck lag der alte Mann und machte ein
Nickerchen, grinste dabei aber immer noch und
seine goldenen Zähne blendeten einen.
Wir verstauten unseren Kram und weckten den
Alten.
»Noch ein Kunde? Na Mädchen, wie kann ich dir
etwas Gutes tun?«, fragte der alte Mann sichtlich
angeregt mit Zwinkern und breitem Grinsen.
»Hey Alter, behalte deine Spucke bei dir, die gehört
zu mir!« Mit breiter Brust stellte ich mich zwischen
die Dame und den alten Mann.
»Ach ja?«, antwortete die Dame.
»Ähm ich meine...«, ich war ein wenig verlegen.
»Schon gut.«, diese Worte nahmen mir nen riesiger
Druck. Allerdings baute sich ein ganz anderer
Druck auf mit jedem Moment den wir zusammen
verbrachten, wenn ihr versteht was ich meine ;)

Die Fahrt ging los und wir beide unterhielten uns
viel, während Hipster Viking bockig am anderen
Ende des Boots saß und auf seiner gerade erst
ersteigerten Trommel rumschlug.
»Nun wie ist euer Name, wenn ihr die Frage
erlaubt? Ich meine wir reisen schon zusammen, da
wäre es nur nett zu wissen mit wem ich diese Reise
bestreite.«, sprach ich.
»Nun ich denke, ihr habt es verdient meinen Namen
zu wissen. Nennt mich Spider«, antwortete sie.
»Spider? Einfach nur Spider?« - „She Spider um

genau zu sein.“

AAAAAAAAAAAAAAAAAAAAAAAH

Was zum…

**Woha, Hipster Viking erschrecke uns nicht so,
Mann!!!**

ALTER!

Was ist denn hier los? Hipster Viking wo warst du?

*Scheiße alter… ich war tot. Ich meine so richtig mit
Licht aus.*

Was bitte?

Plötzlich war da dieses Licht und zack alles dunkel.

Vielleicht solltest du deinen Drogenkonsum noch
einmal überdenken?

*Das war n Herzinfarkt ich weiß es genau! Ich hab alle
gesehen!*

Alle?

*Ja man, das komplette Casting von Supernatural. Jared
Padalecki schlug Mark Sheppard immer wieder ins
Gesicht und dann standen da Misha Collins und Mark
Pellegrino und tauschten Yu-Gi-Oh Karten. Katie
Cassidy und Lauren Cohan machten miteinander rum*

und woaaaaaah.

Du warst nicht tot man, du hattest einfach nur den besten Film ever!

Leute? Was geht hier ab?

Supernatural! Die Serie, in der die beiden Brüder herumfahren und Monster töten, während sie viele geile Hüpfer flachlegen?

Wie ihr sagt. Will jemand Bestimmtes die Geschichte beenden? Hipster Viking vielleicht?

Jo. Also wir fuhren und Finnboy machte die ganze Zeit mit dieser Spider Braut rum.
Nachts lief da definitiv mehr als "unterhalten". Und wir fuhren zurück zu dem Anlegesteg an dem wir gestartet sind.

Wie, das wars?

Im Grunde schon.

Ein wenig unspektakulär dieses Ende.

Ja, für dich und mich vielleicht. Für Finnboy war das wohl einer seiner besten Tage.

Nun ja, so ein One-Night-Stand gefällt eigentlich jedem oder?

One-Night-Stand??? Die blieb uns ja am Rockzipfel

hängen. Für Ewigkeiten!!!
Und am Ende stellte sich heraus, dass sie….

**STOOOOP!!! Dafür ist noch nicht die Zeit
gekommen, Hipster Viking!**

Na gut.
*Jedenfalls kamen wir zurück, gaben dem Gesellen seine
Wäsche und suchten und machten uns auf den Weg zu
unserer Hütte um unseren Einkauf abzulegen.*

Ihr habt eine Hütte?

Klar, hältst du uns etwa für Penner?

Nein, ich meine…

Hat der uns gerade Penner genannt?

Ja man!!

Nein ich meinte doch nur…

Nah warte, das hagelt Schellen!

Wartet Jungs, wir können das doch alles ohne Gewalt
klären…
Jungs?
Hey… kommt schon…
AAAAAAAAAAAAAAAAAH

Finstere Nacht

Finster war es in den Wäldern von Midgard.
Finster war es auf den Feldern.
Finster auf den Bergen, auf dem Meer und in den
Städten.
Kein Licht weit und breit.
Kein Feuer, das lodert und seine Wärme verteilt.
Nichts war da, als Kälte und Finsternis.
Ein dicker, kalter Nebel bedeckte das Land.

Ruhig war es überall.
Kein Vogel der zwitscherte, kein Hahn der kräht.
Das Meer so ruhig und der Wind gebrochen.
Nichts wart dort. Nichts wart hier.

Die Menschen saßen mit fahlen Gesichtern in den
Himmel schauend.
Kein Stern wart dort zu sehen.
Keine Wolke schwebte am Himmel, kein Mond wart
erwacht.
Nichts wart unten. Nichts wart oben.

Die Tiere ruhten ihre Häupter.
Die Pflanzen fingen an zu verblühn.
Als das Heulen des Wolfes am Himmel ertönt.

Ein Jaulen, dann wieder Stille.
Bis der Chor von Wölfen zur Antwort sich erhebt.

„Heil dir Walvater und den Asen;
Vor großer Schlacht red ich zu dir;
Gib mir Kraft, gib Mut und Stärke;

Sei heut wohlgesonnen mir.“

»Schwertzeit, Blutzeit!«, sprachen die Frauen.
Die Kinder zitterten in ihren Betten. War dies das Ende
der Welt, oder würden die Götter sie retten?

Die Wölfe schlichen durch das Dorf, zwischen alten
Häusern.
Und alle Leut, ob groß ob klein, saßen ohne ein
Räuspern.
Nur Einer stand dort an dem Hafen, den Hammer in der
Hand so fest.
Und brüllt den Wölfen laut entgegen, ohne Angst im
Auge des Gefechts.

HIIIIIIIPSTER VIKING!!!
BAAATMAAAAN!!!

Leute, im Ernst?
Ich versuche eine seriöse, dunkle Geschichte schreiben.
Um zu zeigen, dass ich nicht so geisteskrank bin wie
meine Leser denken.

**Du willst mit na Horrorgeschichte Leute davon
überzeugen, dass du kein Psycho bist?**

Ja.

Merkste aber selber, ja?

Was meinst du?

Das ist ja, als ob man versucht mit ner Flasche

**Vodka auf Ex zu beweisen, dass man kein
Alkoholiker ist.**

Ihr nervt. Dürfte ich vielleicht weitermachen?

*Ja ja ja, aber machs gut oder lass es gleich! Und hör
auf mit diesen Reimen, du kannst es nicht!*

Wenn ich das nicht mache, redet ihr dazwischen oder?

Darauf kannst du dich verlassen!

Nun gut.
Die Wölfe kreisten um den einzigen Mann, der sich
traute der Dunkelheit entgegen zu treten. Die größten
und stärksten Krieger verkrochen sich, doch dieser Eine
stand dort und machte nicht den Anschein den Tod zu
fürchten.
Dieser Mann stand dort mit bloßer Haut als Schutz und
einem Bärenfell als Umhang.
»Kommt her ihr Biester, mir macht ihr keine Angst, ihr
Dämonen. Loki, nimm dich in Acht, es gibt immer noch
Männer die sich deinen Plänen entgegenstellen.«, er
brüllte mit tiefer, grimmiger Stimme, seine Augen
leuchteten rot wie Blut und jeder Muskel seines
Körpers war angespannt.
Immer enger wurde der Kreis den die Wölfe zogen.
Immer näher kamen die Jäger an ihre Beute heran.
Zähnefletschend, sabbernd vom Anblick des Fleisches.

»BEEERTHAAA!«, brüllte der Krieger und holte einen
schweren Vorschlaghammer vom Rücken. Die Wölfe
sprangen ihrer Beute entgegen doch bevor sie sie
erreichten schlug der Hammer auf dem Boden ein und

Blitze zerpflückten die Reihen.
Keine Wolke wart am Himmel und dennoch schossen
Blitze aus ihm hervor.
Der Hammer steckte im Boden und ein Licht nach dem
anderen traf die Umgebung.
Die Wölfe flohen und ließen ihr toten Brüder zurück.

»Schütze mich Thor auf meinen Wegen;
Magni und Modi leitet mich;
Tyr die Schlacht ist dir zu Ehren;
Im Tod euch treu und ewiglich.«, sprach der Mann mit
ruhiger Stimme.
Die Wölfe waren fort, doch kamen nun finstere
Gestalten ohne Gesichter und ohne feste Form in das
Dorf. Sie stiegen aus den Felsen empor und flohen aus
den Gräbern.
Mit ihnen kam der Frost, durch welchen Pflanzen sofort
erfroren.

Der Krieger streckte die Arme zur Seite und blickte gen
Himmel.
Er schloss die Augen und ließ die Wesen
näherkommen.

„Und soll ich heut mein Leben lassen;
Ohne Furcht mein Schwert erheben;
Soll Blut auf Midgards Erde prasseln;
Schenk mir Valhallas ewig Leben.“, flüsterte der Mann.

–––––– To be continued… ––––––

Ist er etwa weg?

Ich weiß nicht?

Da steht: „To be continued…“, das heißt entweder er weiß nichts mehr oder er macht ne Pause und hat vergessen den PC auszustellen.

Nicht einmal ne passwortgeschützte Bildsperre. Der hält seine Daten wohl für nicht wichtig genug.

Aber hier sind all unsere Geschichten gespeichert. Was ist, wenn die einer klaut?

Wer denn? Der Kerl hat doch eh nie Besuch. So nen richtiger Alleingänger mit dickem Bauch und Schnurrbart. Hat sich sicherlich seit Tagen nicht mehr geduscht.

Und wenn er nicht schreibt guckt er Pornos und weint dabei, weil ihn keiner liebt…

Okay, ich denke da ist wirklich keiner mehr.

Geil, also wer zuerst?

**Egal. Jedenfalls war dieser Kerl nicht bei Sinnen. Ich meine beim bloßen Anblick dieser Dementoren verging einem alles. Und das Bärenfell hatte zwar Stil, aber bis auf nen Schlüpper und den Hämmern hatte er sonst nichts am Körper. Und dazu noch dieses ganze Gelaber zu den Göttern… wären die da gewesen, wären diese Bettlaken doch nie umhergestreift.
Nun, der Typ stand da draußen und machte einen**

auf durchgeknallten Helden und ich saß fünfzig
Meter weiter auf dem Pott.
Ich sah alles durch das herzförmige Loch an der
Tür des öffentlichen Klosetts.
Als diese verbrannten Zuckerwatten an mir
vorbeizogen, fror mein Hintern an der Brille fest. Im
Ernst, es war so in etwa zwei Zentimeter kalt.
Als ich es mit einem Ruck schaffte, meine Backen
vom Holz zu befreien, fiel ich kopfüber durch die
Tür ins Freie.
Einen kurzen Moment hielten die Papierknödel inne
bis sie nun auch auf mich zu kamen.
»HIIIIPSTER VIKING!!! DICKER, HILFE?
Schick mir bitte nen Patronus!«, rief ich panisch
während ich mir die Hosen hochzog.
»KOMM SCHON DU MISTKERL, DIE MACHEN
MIR ANGST!«- Im Ernst, wärt ihr dabei gewesen,
ihr hättet genauso wie ich geheult.
Der Kerl, der dort auf dem Hafengelände saß,
interessierte sich kein bisschen für mich. Er hatte
die Augen geschlossen mit dem Gesicht Richtung
Himmel.
»WENN DU NICHT SOFORT RAUS KOMMST,
SCHWÖRE ICH BEI MEINEN EIERN, DASS ICH
ÜBERALL DAS GERÜCHT VERBREITE, DU
HÄTTEST MIT DER DICKEN GITTA
GESCHLAFEN!!!«, mir ging der Arsch auf
Grundeis. Wirklich, es war so unnormal kalt.

Doch dann kam ich meinem Freund zur Hilfe geeilt.

Du hattest nur Angst, dass das mit Gitta
rauskommt.

Da dort nichts lief, brauchte ich auch keine Angst haben.

»OH Gitta, oh Gitta, hör nicht auf!«

Halt dein Maul!

Da hat wohl jemand einen schwachen Punkt?

Jedenfalls stürmte ich meinem Freund zur Hilfe. Ich drehte das Cappi auf hip und es erleuchtete die Gegend. Im Licht MEINES Snapback-Cappis lösten sich die Geister auf und kamen nicht wieder.
»Wurde aber auch Zeit!«, rief Finnboy mir entgegen mit Toilettenpapier, das ihm aus der Hose hing.
»Was geht denn hier ab? Wo kamen die ganzen Grufties her?«, fragte ich ihn.
»Scheiße, keine Ahnung man. Frag den dort, der sitzt schon den ganzen Tag dort als hätte er es gewusst!«, antwortete er.
Also ging ich zu dem Nacktaffen. Cool sein hin oder her, bei der Temperatur war das Einzige, was den Kerl hier erwartete, ne Blasenentzündung.
»Ey Onkel, wat sitzt n hier so rum? Hast du was mit den Kohlestaub Viechern zu tun?«, fragte ich den Mann der nur antwortete:

„Heil dir Walvater und den Asen;
Vor großer Schlacht red ich zu dir;
Mein Vertrauen gilt dir Freya;
Schenke einen Sohn noch mir.“

»Nen Sohn? Sag mal für was hältst du mich? Siehst du meinen Bart nicht?«, ich war angepisst, »Schenke

*einen Sohn noch mir fürn Arsch! Steh mal auf und sag
mir was hier abgeht!«, doch es kam keinerlei Antwort
von dem Irren.*
Und dann kamen die Erdbeben.

Oh ja.

*Die ganze verdammte Welt wackelte hin und her. Ich
fühlte mich wie in einer Schneekugel. Hipster Viking
und ich fielen gegeneinander und versuchten uns am
Boden fest zu greifen. Die Welt stand wie auf Kopf
gedreht und wir hatten Angst in den Himmel zu fallen,
so stark bebte es unter uns.*

*Und dann kam das Feuer. Zuerst nur schwach am
Horizont doch plötzlich überall. Und aus der Eiseskälte
 wurde brennende Hitze.*
Doch die Flammen waren nicht das Einzige das kam.
*In den Flammen wanderte ein Riese. Mit gehörntem
Helm und einem gigantischen Zweihänder wanderte er
dort mitten in dem Höllenfeuer.*
*Einen solchen Anblick hatte wohl noch keiner gesehen,
jedenfalls keiner der davon berichten konnte.*
*Die Gestalt trat aus den Flammen und schaute auf uns
herab.*
*»Surt!«, rief dieser Typ der noch immer kniete.
Mittlerweile hatte er allerdings einen Hammer in der
Hand. Nicht den Großen von davor und so fragte ich
ihn: »Nichts für ungut, aber willst du nicht doch lieber
den Großen nehmen? Das mit den Blitzen könnte uns
vielleicht den Arsch retten!«*
*Kein einziges Wort sprach er, doch er schritt an uns
vorbei.*

„Dieser soll mir Ehre bringen;
Mit Stolz mich füllen wo ich auch bin;
Feinde in die Knie zwingen;
Die Wege gehen, die ich einst ging.", sprach er ruhig
und gelassen während uns der Angstschweiß durch die
Arschritze lief.

Er erhob den Hammer und schrie: »MirMir!!!«
Warum auch immer er immer komische Namen schrie,
was danach kam gefiel mir.
Er warf den Hammer in Richtung des Riesen und der
Hammer flog mit solch einer Geschwindigkeit, dass er
einen Schweif nach sich zog.
Wenige Sekunden später traf der Hammer den Riesen
an der Stirn und dieser fiel zurück.
»Yes Baby, so will ich das sehen!«, rief ich dem
Fremden zu.
Doch der Kampf war noch nicht zu Ende, denn der
Riese erhob sich wieder und grunzte tief.

Und dann bist du weggelaufen, du Arschloch!

Ich hatte einen Plan!

**Nen scheiß hattest du, du bist geflohen um dich zu
verkriechen du feige Sau!**

Hey, wer hat dir dann den Arsch gerettet?

Mhm. Du.

Siehst du!

Aber davor bist du geflohen ohne auch nur ein Wort

zu sagen wo du hinmöchtest!

Ich stand da mit diesem zu den Göttern flüsternden Mann umrungen von Flammen und vor uns stand nen Mann, groß wie nen Wolkenkratzer, und der war gar nicht gut auf uns zu sprechen nach dieser Kopfnuss.

»Ich hoffe, du hast noch nen Hammer dabei, der es regnen lässt mein Freund, ansonsten seh ich schwarz für uns.«, sagte ich zu dem Typen, der immer noch das Bärenfell umhatte. Mir war wirklich warm, am liebsten hätte ich mir Badehosen angezogen und wäre mit Caipirinha in der Hand in einen Pool gestiegen, aber da war ja noch dieser Riese, der schon zum Schlag gegen uns ausholte.

Das Schwert raste auf uns zu und Onkel Bärenfell und ich schrien. Naja, ich schrie und er brüllte mit ausgestreckter Brust. Er hatte wohl keinerlei Angst vor dem Tod.

Er nahm den dritten und letzten Hammer aus dem Gürtel, streckte ihn empor und schrie: »GROßER ONKEL!«

Großer Onkel? Das hatte ich schon einmal gehört.

»Captain Hammer?!«, fragte ich und ein Grinsen machte sich im Gesicht des Berserkers breit.

Das Schwert schoss auf uns herab doch Captain Hammer schlug mit seinem Hammer gegen die Schneide und von einem Moment auf den anderen zerbarst das Schwert zu feinem Staub.

Der Riese guckte verdutzt in seine leeren Hände und als er begriff was gerade geschah, raste er vor Wut. Er holte tief Luft, so tief dass um uns herum ein Sturm ausbrach, der einen in die Richtung des Riesen riss.

Das Einatmen endete und er fing an zu Pusten, doch

es kam kein Wind zurück, es schossen Flammen aus
seinem Mund und prasselten auf uns nieder, als aus
unseren Rücken plötzlich kalter Schaum geschossen
kam.
Es schoss an uns vorbei und alles hüllte sich in
diesen Schaum.
Das Feuer hatte keine Chance und erlosch so. Der
Riese spuckte uns Flammen entgegen, doch diese
prallten am Schaum ab.
Nach einigen Minuten hörte der Schaum auf und
wir konnten endlich wieder unsere Häupter erheben
um zu sehen was geschah.

Es war…

ICH!

Ja, du warst es…

Bähm!

**Musst du mich gerade jetzt unterbrechen? Ich
wollte einen heldenhaften Auftritt für dich schreiben
mit Lichteffekten und lauten Chören und allem was
dazu gehört und du fällst mir wieder ins Wort!**

Heul leise, Finnboy!
*Nun die beiden beinahe Grillhähnchen standen dort
und guckten verwundert zu mir.*
»Hipster Viking?«, fragte Finnboy.
»Jawoll!«, antwortete ich.
»Was zum Henker?«- Beide waren sichtlich überrascht.
*»Das Teil nennt man Feuerlöscher!«, erklärte ich
ihnen.*

»Feuerlöscher?«, fragte Captain Hammer.
»Ja man, haben die Jungs der Schmiedeeisernen Gilde mit aus ihrer Welt gebracht!«
»Geil!«, entgegnete Captain Hammer, der wohl sehr begeistert von dieser Technik war.
»Aber wie hast du dieses riesige Teil so schnell hier herbekommen?«, fragte Finnboy und er hatte Recht, der Feuerlöscher war so groß wie ein Einfamilienhaus.
»Leichtbauweise, patent by der Gilde!«, antwortete ich und lehnte mich entspannt an den Löscher.

Im Hintergrund saß der Riese auf seinem riesigen Hintern und starrte mit offenem Mund ins Leere. Nun, nach solch einer Niederlage dachte wohl auch das erfolgreichste aller Wesen daran den Job zu wechseln bevor es in starke Depressionen verfällt und als Heroinsüchtiger in Kopenhagen anschaffen geht.

Der sah echt geknickt aus. Ich hatte ja schon etwas Mitleid… nicht!

Haha, nein du strecktest ihm den nackten Hintern entgegen und lachtest laut.

Oh ja, aber du hast dann auch mitgemacht!

Na sichy.

Und dann meldete sich der Captain plötzlich zu Wort.
»Nun ihr Narren-«, eben noch auf unsere Hilfe angewiesen, schon stichelte er wieder herum; »-Ihr seid meine Feinde, doch heute habt ihr Mut bewiesen und euch gemeinsam mit mir dem Ende

gestellt. Deshalb schone ich euch heute. Es wurde
genug gekämpft für einen Tag.«
Hipster Viking und ich stimmten dem zu.
Doch anstelle uns zu trennen gingen wir gemeinsam
in die örtliche Taverne und tranken schweigend,
nebeneinander sitzend einige Becher Met.
Erst nach mehreren Stunden fingen wir, im Rausch
des Alkohols, an, miteinander zu reden und wie sich
herausstellte, waren wir vieler Sachen selber
Ansicht.

Mit dem Typen kann man echt gut bechern.

Kannst du dich an die Lieder erinnern?

Die Zwerge oder Hans und Gretel?

Beide natürlich. Man waren die gut.

Definitiv.

Am nächsten Morgen…

*Lass mich weitermachen. Am nächsten Morgen
machten wir uns auf den weiteren Weg.
Wir hatten einen Schädel, schwer wie ein Anker, doch
war es wichtig, dass wir fortkamen.*

Ja, weil du den Captain bestohlen hast!

*Bestohlen? Ich würde sagen, ich habe ihm etwas
entwendet, das wir eher brauchten als er.*

Seine ganze Geldbörse samt Personalpapiere und

Holzfäller Clubkarte.

Wozu sollte er denn so viel Geld benötigen? Dafür hätte ich mir ne ganze Söldnerarmee kaufen können und hätte immer noch genug für ein Jahr Bordell all inclusive.

Egal, jedenfalls stürmten wir aus dem Dorf, doch auf unserem Weg saß der Riese, der immer noch schluchzte.
»Mit Niederlagen kannste nicht so umgehen, was?«, fragte ich ihn.
Er antwortete gepeinigt: »Was erzähl ich denn jetzt daheim? Ich bin gegangen und habe meiner Frau versprochen, diese Welt in Asche zu legen doch seht mich an. Erloschen. Keine Flamme prasselt mehr, kein Funke glüht. Sie wird denken ich war nur baden.«

Jetzt tat er uns wirklich leid. Naja, nein eigentlich überhaupt nicht. Wir standen da und lachten laut während der Riese immer lauter weinte. Manch einer würde sagen, wir mobbten ihn, doch er fing doch an mit seinem `Ich verbrenne die Welt' Kram.
»Jetzt sag mal, was sollte das mit den Wölfen und den armseligen Geistern gestern?«, fragte Hipster Viking.
»Der Fluch der Finsternis. Ein alter Fluch, welcher nur von den mächtigsten der Hexen und Druiden wirksam gemacht werden kann.«, antwortete Surt.
»Ah ja, das heißt also hier saß irgendwo ein altes Weib und schaute uns dabei zu wie wir uns den Arsch abmühen ihren Müll wegzuräumen?«, fragte ich voller Entsetzen.

»Wenn Ihr sie findet, richtet ihr von mir aus, sie soll das beim
nächsten Mal anders klären oder ich bring meine Frau mit, die
wird ihr die Augenbrauen
zupfen. Eins nach dem anderen und dann wird Sie
lebendig verbrannt werden!«, sprach Surt, stand
auf und ging gebückten Hauptes dorthin zurück,
von wo er kam.

Und wir ritten so schnell wir konnten weiter.

Wo war She Spider eigentlich die ganze Zeit?

Die wartete doch auf uns im nächsten Ort.

*Ach ja, konnte die nicht mal helfen? Ich meine, die wird
ja wohl gemerkt haben, dass plötzlich das Licht aus
war.*

Da hast du allerdings recht. Aber dafür war sie eine
große Hilfe bei anderen Abenteuern, so wie das eine
mal, als wir dem geballten Heer der Waliser
entgegen standen.

Ja gut, aber das hätten wir auch ohne sie geschafft.

Sie hat uns befreit!

Ja?

Hunderte Mann mit einem Streich bezwungen?

Na und?

Wie wolltest du das denn bitte alleine regeln?

Ich hatte einen Plan!

Nen Plan? DU bist panisch im Kreis gerannt und-

Ja ist ja schon gut. Das ist eh Stoff für eine spätere Geschichte!

Am Ende jedes bisherigen Kapitels spoilern wir ein anderes, ist schon nen bisschen einseitig, findest du nicht?

Naja, solang die Leser sich nicht beschweren, ist doch alles gut.

Vielleicht sollten wir eine Umfrage starten…

Sollen wir folgende Kapitel so weitermachen oder uns was Besseres einfallen lassen?

O   Macht weiter!
O   Strengt euch mal an!

Bitte nur eine Variante ankreuzen.

Danke.

So können wir das Kapitel nicht beenden. Wenn der Schreiber zurück kommt, merkt er sofort, dass wir ohne ihn weiter gemacht haben!

Du hast recht. Aber was schreiben wir?

Pass auf:

** copy * * paste **

„Und soll ich heut mein Leben lassen;
Ohne Furcht mein Schwert erheben;
Soll Blut auf Midgards Erde prasseln;
Schenk mir Valhallas ewig Leben.", flüsterte der Mann.

—------- To be continued… —-----

Doch der Krieger wart nicht allein, so spähte ein Anderer durch das Blickfenster…

VERDAMMT! Ihr habt weitergeschrieben! Ich weiß genau, dass ihr das hier lest!
Ich hatte nen Date verdammt. Der Abend war so schön und ihr… ihr versaut einem wieder einmal die Stimmung!!
Feuerlöscher? Was soll der quatsch, im Universum der Schmiedeeisernen Gilde herrscht ebenso das Mittelalter wie in eurer Welt! Woher sollen die nen Feuerlöscher haben?
Oder wollt ihr mir sagen es gibt die Typen nochmal bloß aus der Zukunft? Wie sollen die heißen, hä? Jan, Svante und Marcus oder was? Ihr macht mich krank!

Bei der nächsten Geschichte möchte ich kein einziges
Wort von euch lesen oder es setzt was, verstanden? Ich
habe kein Problem damit in die Charakterbeschreibung
einiges zu ändern damit ihr in rosa Tütü durch die
Gegend hopst und total langweilige Elfen mit
Spitzohren seid.
Feuerlöscher. Pah.
Ihr denkt wohl Ihr habt hier Macht...
Nix da, ich bin der Schreiber. Ich habe die Macht.
Ich geh jetzt duschen und Zähne putzen, denn Hygiene
ist wichtig.
Und danach geht es ins Bett damit ich morgen wieder
fit bin!

Gute Nacht ihr Flitzpiepen!

Ab 18 in Begleitung der Großeltern mit ihren Eltern

Im Ernst Dicker, lies das nicht, wenn du nen Weichei
 oder radikaler Pazifist bist!
Auch nicht nur so ein bisschen…

Jetzt hör auf!!

Lass es lieber!

Wirklich?

Du hast es ja nicht anders gewollt.

*Finnboy und ich sind ja viel herumgekommen und
haben viele Ansichten, Vorlieben und Neigungen von
Menschen kennen gelernt, aber der Shit war verdammt
noch mal krass.*
*Ich meine so krass, dass ich immer noch kotzen muss
bei dem Gedanken daran.*

*Wir befanden uns irgendwo nördlich von irgendwas
und ritten gerade, saufend, in der Gegend rum. Warum
gerade da kann ich nicht einmal mehr sagen.*
*Jedenfalls ritten wir dort herum und dachten uns "Lass
mal hart was fressen!", also suchten wir nach dem
nächstmöglichen Schuppen in dem es was für die
Beißer geben könnte.*
*Wir hätten natürlich auch etwas jagen können, aber
seitdem es Großküchen gab waren wir nicht mehr
darauf angewiesen.*
*Nun, wir ritten und plötzlich erfüllte ein unheimlich
leckerer Geruch die Luft. Ein Geruch von Öl, ein
Geruch von bratendem Fleisch und goldenen
Maiskolben, so ansprechend, dass sogar die Pferde
davon angezogen wurden.*
*Von weitem schien durch den Wald ein grelles, gelbes
Licht und sorgte für Erwartungen.*
*Dann sahen wir es. Ein Gebäude aus feinstem Gestein
gehauen und überall leuchtend. Es war, als würden
tausende kleine Flammen in Glaskolben gefangen sein,
an- und ausgehen wie von Magie. Es war faszinierend
und dennoch angsterregend.*
Welche Magie spielte dort, fragten wir uns.
*Der himmlische Geruch war immer stärker geworden
und sein Ursprung schien im Inneren des Gebäudes zu
liegen.*

Alter, dieser Geruch… einfach himmlisch!

Oder?

Solche Gerüche hatte ich nie zuvor erlebt. Nun, ich reise ja auch mit dem Hipster Viking und seinem Geruch…

HEYYY!

**Egal. Jedenfalls waren wir neugierig, doch trauten uns nicht so recht das Gebäude zu betreten. Vor dem Eingang, einer großen Holzschwenktür, war ein erhöhtes Podest. Eine Veranda mit Tischen und Stühlen aus einem Material, das uns fremd war. Weder Holz, noch Metall, noch Stein, sondern eine dünne, weiche Platte gehalten von Metallrohren, welche ebenso instabil wie hohl zu seien schienen. Die Fensterläden waren geschlossen und ließen keinen Blick ins Innere werfen, also mussten wir unvorbereitet durch die Vordertür hinein.
So wollten wir gerade ganz langsam eben jene öffnen, als die Türen nach außen aufschwang und an unsere Köpfe knallte. Eine dicke Person in weißem Gewand trat heraus. Auf ihrer Gewandung waren Blutflecken und Fleischreste zu erkennen. »Ach, ist das nen Boxschuppen? Lass rein Finnboy, nur noch so eine Spielunke!«, sagte Hipster Viking selbstbewusst, schritt mit geschwollener Brust durch den Eingang und rief: »Na Mädels, wer will den Popo versohlt haben?«**

Doch das Haus barg nicht wirklich einen Fightclub.

In ihm erstreckten sich weitere dieser komischen
Tische und Stühle und im Hintergrund war eine Art
Bar zu sehen.
Einige Familien saßen dort zusammen mit Eimern
vor sich, in welchen sich scheinbar die köstlich
riechende Speise befand. Sie starrten alle für wenige
Sekunden zu uns, doch fingen dann wieder an sich
die Mäuler zu stopfen.
Im Ernst! Stopfen! Als wäre das Alles ein Wettessen
und diese Portionen müssten in kürzester Zeit
verschlungen werden.
Doch auch dies störte uns nicht, sollte es sich um ein
Wettessen handeln, so würden wir einsteigen um
dieses Zeug zu essen.

*Oh ja, in diesem Moment hätte ich auch alles dafür
gezahlt, ich hätte sogar mein Cappi gegeben, hätte der
Verkäufer dieses verlangt.*

SO LECKER ROCH ES!

Ja man.
Und plötzlich sprach uns dieses Mädchen an.
*»Guten Tag die Herren, ihre Bestellung bitte!«, eine
quietschende, doch freundliche Stimmlage brachte dies
uns entgegen.*
*»Äääääääääähm…«, ich starrte in der Gegend herum
und suchte nach einer Karte auf der irgendein Gericht
stand, doch alles hier drin war so hell beleuchtet, dass
ich nichts erkennen konnte.*
»Naja, was habt ihr denn so?«, fragte Finnboy.
*»Wir haben Kennlernwochen und da sind die Crispy
Fingers im Angebot.«, entgegnete das Mädchen
Finnboy.*

»Joa, zweimal dann bitte, aber macht ne richtige
Portion, ja!?«, sprach ich.
»In Ordnung. Dazu noch etwas zu trinken? Saft
vielleicht?«, fragte sie.
»Herzlichen Glückwunsch, du bist die erste Person,
welche vier Rechtschreibfehler in das Wort Bier
eingebaut hat!«, antwortete ich.
Ich meine, wir bestellten Essen und keinen
Wellnesurlaub!
»In Ordnung. Zwei Bier. Das macht dann fünfzehn
Gramm Silber.«, sprach das Mädel.
»Ne ne Maus, erst einmal das Essen und dann zahl ich
dir was!«, entgegnete Finnboy.
»Nun, bei uns gibt es das Essen aber erst nach
Bezahlung. Das sind die Hausregeln.«
»Mhm. Nun ja, aber dafür bekommen wir das zweite
Bier gratis, klar?«, Ich war schockiert von dieser
Frechheit. Erst bezahlen, dann essen.
Wir bezahlten und suchten uns einen Sitzplatz. Da
entdeckten wir Björn in einer Ecke.
Wir setzten uns zu ihm und unterhielten uns bis das
Essen kam.
Nach dem Vorfall mit Andreas eröffnete er einen
Campingplatz und verdiente nun damit seinen
Unterhalt.
Dann kam das Essen.

Lecker.

Sooo lecker!
Doch im Endeffekt doch ziemlich ekelhaft.
Wir bekamen dieselben Eimer wie die anderen und in
ihnen lagen frittierte Fleischstücke in Form von
Händen. Finnboy und ich hielten dies für einen lustigen

*PR Gag des Ladens und aßen genüsslich unsere
"Crispy Finger".*

**Nicht zu vergleichen!
Besser geschmeckt hatten wohl nur die
Schinkenstreifen, die als Beilage dienten!
Wir waren überwältigt.**

*Wir litten Qualen und erlebten dennoch
Geschmacksorgasmen, einen nach dem anderen.*

**Geniale kleine Ergüsse von Dopamin auf der Zunge,
so schmeckte es!**

*Wir fraßen uns die Bäuche voll bis wir nicht mehr
konnten, doch noch immer sabberten wir nach mehr.
»Hat es ihnen geschmeckt?«, fragte das Mädchen,
welches nun kam um die Reste zu entsorgen.
»Wahnsinn« - »Abgespaced« - »Geil«, sprachen wir
gleichzeitig.
»Das freut mich, hier noch ein Flyer. Empfehlen sie uns
weiter und kommen sie gerne mit Freunden und
Familie wieder, wir haben sogar eine
Kinderspielecke.«, und so verabschiedete sich das
Mädchen.*

Und dann kamen wir jeden Tag!

*Jeden verdammten Tag, bis zu dem Tag, an dem uns
She Spider begleitete.*

Zum Glück!

Oh ja!

Egal. Jedenfalls erzählten wir ihr davon und sie kam
mit uns.
Wir setzten uns an denselben Tisch und auch Björn
war wieder da, wie jeden Tag seit dem damaligen
und bestellten eine "20 Teile Box".
She Spider war begeistert, vor allem die verschieden
geformten Varianten fand sie sehr ansprechend. Es
gab Hände, Füße, Augen, Zungen, Herzen, Leber,
Nieren, Rippchen und alles, was nur irgendwie
einem Körperteil entsprach.
Seit dem ersten Tag gab es immer mehr Leute die
hier, tagein, tagaus, saßen und aßen.
Dann musste She Spider aufs Klo.

Jetzt kommts.

Plötzlich ertönte ein Schrei und wir sahen gespannt
von unserem Eimer hoch.
Nach wenigen Sekunden senkten wir den Kopf
wieder und aßen weiter.
Dann ein weiterer Schrei und She Spider kam zu
uns gerannt. Sie schlug uns das Essen aus den
Händen und sagte: »Hört auf, hört auf!«
Wir waren schockiert und geierten schon nach dem
nächsten Stück Fleisch auf unserer Zunge.
»Hey, was soll das?«, schrie Hipster Viking.
»Das könnt ihr nicht essen, das sind Körperteile!«,
sprach She Spider sichtlich geschockt.
»Mäuschen, das ist doch das Prinzip hinter diesem
Laden. Das Essen soll so aussehen, also beruhige
dich!«, entgegnete ich ihr.
»NEIN! Es sind echte Menschenteile!«
Hipster Viking, Björn und ich schauten uns an und

fingen lauthals an zu lachen.
»Echte Menschenteile? Das geht doch gar nicht,
überlege doch mal. Das ist doch pervers!«, sprach
Björn.
»Echt jetzt, du glaubst doch nicht, dass wir das
nicht erkennen würden.«, wollte Hipster Viking
erklären doch She Spider packte uns an den Händen
und zog uns in Richtung Toiletten.
Ein längerer Korridor mit mehreren Türen
erstreckte sich dort und eine der Türen stand offen.
Die Tür auf der Privat stand und welche bis zum
heutigen Tag immer verschlossen war. Hinter dieser
Tür befand sich scheinbar die Küche, denn aus ihr
kam dieser leckere Duft, der uns ursprünglich
anlockte.

*Und da wir schon einmal in der Nähe der Toiletten
waren, hastete ich los um meine Blase zu entleeren.*

Hätte She Spider mich nicht festgehalten wäre ich
wohl hinterhergekommen, nach solch einem Essen
verbringe ich gern etwas Zeit auf dem
Donnerbalken.
She Spider jedoch drängte mich dazu, in die Küche
zu blicken. Auch das fiel mir nicht schwer, da es ja
köstlich roch und es mich schon lange interessierte
welch ein Tier hier zubereitet wurde.

Aber es gab keine Tiere.

Nein.

*Da in der Küche befanden sich viele Töpfe in denen
Fett kochte und neben diesen einige Öfen, welche stark*

befeuert wurden.
Es schien alles sehr sauber für eine Küche. Das
Personal lief in weißen Gewänden durch den Raum und
wischte jeden Tropfen Blut oder Fett, der daneben ging,
sofort weg.

**Bei einer Hygienekontrolle hätten die Leute echt nen
Preis gewinnen können.**

Doch dann erspähten wir eine große Metalltür auf der
Lager stand.
Neugierig wie wir waren, schlichen wir uns heran als
keiner hinsah und öffneten diese Tür.
Hinter ihr erblickten wir das nackte Grauen.

Haha, nackt. Genau.

Dort hingen menschliche Körper kopfüber von Haken
und bluteten langsam aus.
Unter jedem Körper stand ein Behälter der das Blut
auffangen sollte.
Einigen der Körper fehlten schon Teile. Vor allem...
Hände.
Es dauerte einige Sekunden bis wir erkannten, dass
dies die Quelle unserer momentanen Haupternährung
zu sein schien.

**Als wir dies begriffen, fingen wir beide an zu kotzen.
Nur Björn stand da und verstand nicht genau.
She Spider erklärte es ihm und nach kurzem
Überlegen schloss er sich uns an und erbrach sich
auf den Küchenboden.**

Dort hingen Leichen. Menschliche Körper, welche zum

Verzehr vorbereitet wurden.
Es handelte sich nicht um Nahrung, die aussah wie
Körperteile, es waren Körperteile.
Wir wirbelten herum und inspizierten die Küche. In den
Töpfen brodelten Gedärme, in den Öfen wurden
Würstchen geräuchert. Gläser gefüllt mit Augen und
andere gefüllt mit Ohren und Nasen standen auf den
Regalen. Das einzige nicht menschliche hier drin
waren die Gewürze und Kräuter, welche an Seilen
herabhingen.

**Dann betrat der dicke Mann den Raum, welcher uns
beim ersten Besuch die Türen an die Köpfe schlug.
Eine Schlachtschürze hing um seinen Hals und
ellbogenlange Handschuhe trug er. Wir waren wie
zu Stein erstarrt, als er uns erblickte und brüllte:
»Was macht ihr hier? Das ist die Küche, raus mit
euch!«
Wir starrten ihn mit offenen Mündern an und er
schien zu begreifen, dass wir verstanden hatten, was
hier verarbeitet wurde.
»So sieht das also aus-«, sprach der Mann: »-nun ich
denke, ihr habt genug gesehen. Schade, ihr seid
eigentlich noch nicht bereit geschlachtet zu werden,
aber vielleicht dient ihr ja als Hundefutter.« Er zog
ein großes Schlachtmesser, schlug die Tür zu und
blickte uns kampfbereit entgegen.**

Vier gegen einen schien machbar, doch dann kamen die
anderen Küchenarbeiter mit Äxten, Messern und
großen Fleischerhaken bewaffnet aus dem
Nachbarraum.

Und der Shit wurde real.

Wir schnappten uns was wir konnten, da wir unsere Waffen zum Essen immer ablegten. So bewaffneten wir uns mit Küchengegenständen. Björn griff einen Besen, She Spider einen Fleischklopfer, ich eine Pfanne und Hipster Viking…

…griff daneben und schnappte sich ein Bein!

Er hat geschrien wie ein kleines hysterisches Mädchen, als er begriff, was er dort in der Hand hielt, warf es weg und griff sich ein Nudelsieb.
Nun müsst ihr euch vorstellen, wie wir vier dort mit jämmerlicher Bewaffnung etwa zwanzig bewaffneten Köchen entgegenstanden. Die Köche lachten und griffen an.
Ein wildes hin und her entstand. She Spider erwischte einige mit ihrem Fleischklopfer und Björn konnte sich viele mit seinem Besen fernhalten, doch Hipster Viking schlug immer wieder mit seinem Sieb auf die Köche ein, während er schrie und versuchte ihren Stichen und Hieben auszuweichen.
So ein Sieb ist nun einmal keine Waffe. Es gibt viele Gegenstände, die man als solche benutzen kann, aber ein Sieb… na ja.

Irgendwie schaffte She Spider es, sich eine Schneise in Richtung Tür zu schlagen und so folgten wir ihr.
Wir erreichten den Speisesaal und dort blickten uns die anderen Kunden verwirrt an.
Ich, She Spider und Björn schlugen jedem Gast die Eimer aus der Hand nur Hipster Viking stand da

und… knabberte an einem Rippchen.

»HIPSTER VIKING!«, brüllte She Spider ihm entgegen, bis er bemerkte was er da tat. Er warf die Rippen weg und schrie wieder panisch.

Hinter ihm kam die Küchenbelegschaft und jagte uns durch den Raum.

Die anderen Kunden interessierte das nicht besonders. Sie setzten sich wieder oder hoben ihr Essen vom Boden um genüsslich weiter an den Menschenteilen zu knabbern.

Es flogen Messer, Töpfe und Pfannen. Eine davon erwischte einen Gast am Kopf, welcher sofort bewusstlos umkippte, doch auch das schien die Leute an seinem Tisch nicht zu stören, sie machten weiter.

Und dann erreichten wir endlich unsere Sitzgruppe, an welcher all unser Kram lag.

Sofort griffen wir unsere Ausrüstung und stellten uns wieder den verrückten Kannibalköchen. She Spider warf einige ihrer Spindeln, welche fünf der Köche sofort erledigten.

Dann rief der dicke Chefkoch in den Raum: »Leute, die wollten unsere Vorräte plündern, greift sie!«

Sämtliche Köpfe wandten sich zu uns. All die Leute, die es bis eben nicht die Bohne interessierte was geschah, waren mad. Sie standen auf, zogen ihre Waffen und gingen auf uns los. Björn fing lauthals an die Götter zu beleidigen, sollten sie uns nicht sofort zur Hilfe kommen, doch es kam niemand.

Doch dann packte Finnboy seinen Birkenquast aus und wedelte damit vor sich umher.

She Spider und Björn dachten wohl, er habe den Verstand verloren, doch es zeigte Wirkung. Die Leute

*fingen plötzlich an, aus sämtlichen Poren zu schwitzen,
bis ihre Hände so feucht waren, dass ihnen die Waffen
aus den Händen glitten. Das war unsere Chance!
She Spider wirbelte ihr Spinnrad herum und erwischte
dutzende Leute, welche mit schweren Verletzungen
umfielen. Es war keine Zeit für heroische Taten, es ging
nur darum unsere Ärsche zu retten. Also griffen wir an,
zertraten Rippen und schlugen Köpfe ein. Diese Leute
waren im Zombiemodus und ganz ehrlich, wer will
denn nicht mal nen paar Zombieköpfe zertreten.
Björn war mit dem härtesten Panzertape sämtlicher
Welten bewaffnet und klebte die Überlebenden
aneinander. Dieses Panzertape war so stark, dass die
Götter es benutzten um Fenrir fest zu ketten. Klar, in
den Sagen steht was von einer Kette aus komischen
Substanzen, aber all diese Substanzen und mehr waren
in Panzertape vorhanden.*

**Die genaue Zusammensetzung war natürlich
Betriebsgeheimnis, aber mit dem Zeug hatte sich die
Schmiedeeiserne Gilde übertroffen.**

*Ich habe einmal gesehen, wie damit ein Troll enthaart
wurde. Das Band war so effektiv das selbst seinen
Nachfahren keine Haare mehr wuchsen. So entstand
die Rasse der Nackttrolle!*

**Nachdem alle erledigt waren schauten wir uns noch
einmal im gesamten Gebäude um.
Wie sich herausstellte, wurden hier sämtliche
Bestandteile eines Menschen verwendet. Sogar
Knochen und Zähne wurden zu Mehl zermahlen
oder zu Zahnstochern geschnitzt.
Es gab keinerlei Abfälle. Nichts blieb über.**

Hinter der Tür Warenlieferung wurde es abgespaced.

Dort befanden sich drei Portale.
Ein jedes mit einer anderen Aufschrift.
Hauptzentrale, Zweite Dimension, Dritte Dimension. Wie es schien handelte es sich hierbei nicht um einen einzelnen Laden, sondern einer Kette von Restaurants. Nicht nur hier schienen Menschen andere Menschen serviert zu werden. Doch was sollten wir tun?

Ich war ja dafür, sämtliche Läden zu besuchen und diese in Schutt und Asche zu legen.

Ja, das hätte man wohl von uns erwartet. Aber wir sind ja nicht dumm und gehen durch irgendwelche fremden Portale.

Ja, das wäre ziemlich dumm von uns.
Also entschieden wir uns dafür den Laden ab zu fackeln und nie wieder drüber zu sprechen. So taten wir es letztendlich auch.
Natürlich entfernten wir vorher sämtliche noch lebenden Personen. Wir sind ja keine Mörder.
Vor dem brennenden Gebäude standen wir nun und entschieden uns nie wieder in Restaurants zu gehen, welche wir nicht kennen.
She Spider war sogar noch radikaler und entschied sich nie wieder Fleisch zu essen.
Irgendwie auch verständlich.

»Kranke Scheiße, Leute!«, sprach Björn.
»Björn, es war mir eine Ehre mit dir zusammen zu

kämpfen… aber ich hoffe wir begegnen uns nie
wieder!«, entgegnete ich ihm.
»Nein, Finnboy, geht mir genauso.«, antwortete er.
»Jungs, wie wäre es mit einem gemütlichen
Abschiedsbier?«, fragte Hipster Viking und wir
willigten alle ein. Doch aus dem Bier wurde dann
doch lieber Wodka um unsere Därme zu
desinfizieren.
Nach der ein oder anderen Flasche verabschiedeten
wir uns dann und begegneten uns nie wieder.

Und? Wer bereut es das gelesen zu haben?
Ich hab doch gesagt, das ist kranker scheiß!!!
Warum glaubt ihr mir auch nicht?
Da haben Menschen Menschen zubereitet, um diese an
Menschen zu verkaufen.
Seht ihr Fastfood jetzt mit anderen Augen? Woher wisst
ihr, was da wirklich drin ist?

Ich habe euch gewarnt.

Wo ist eigentlich der Schreiber?
Der hat sich das ganze Kapitel über nicht gemeldet.

Er wird sich wohl entschieden haben, nicht weiter zu
lesen.

Gut möglich!

Naja, das war's erst einmal. Ich glaube, ich brauch
jetzt erst einmal ne mega Dröhnung um das wieder aus
dem Kopf zu bekommen.

Bin dabei.

Verfuchst

»AAAAAAAAAAH«, ein Schrei hallte durch die Halle der Hipstercave.

She Spider saß schweißgebadet, gerade aus einem Traum erwacht, in ihrem Bett.

Finnboy erschrak sich, sprang auf, stieß sich den Kopf an einem der Dachbalken und fiel sofort wieder um. Da betrat Hipster Viking das Schlafgemach der beiden.

Er war schon einige Zeit wach und so bekam er den Schrei mit, hätte er geschlafen, hätte ihn so etwas nicht gestört. Es kam schon einmal vor, dass Hipster Viking ein Erdbeben verschlief. Ja, er war bekannt für seinen tiefen Schlaf.

»Was geht denn hier ab?«, fragte er mit breitem Grinsen im Gesicht.

»Ich sah etwas, eine Voraussehung!«, antwortete She Spider.

»Haha. Ja man, so etwas kann einen ganz schön flashen.«, sprach Hipster Viking; »Aber vielleicht hast du auch einfach nur mieses Zeug geraucht, auch das kann passieren.«

»Nein, du weißt, dass ich nichts rauche! Bitte glaube mir, ich sah-«, Finnboy unterbrach das Gespräch: »AAAAALTER, ich hab geträumt, es hätte jemand geschrien und ich bin aufgesprungen und wurde sofort ausgenockt!«

An seiner Stirn bildete sich eine riesige Beule, als wollte etwas aus seinem Schädel entfliehen.

»Ja man, du siehst auch so aus, als hätte dich jemand gehauen, vielleicht ist ja jemand in der Cave?«, Hipster Viking und Finnboy wirbelten herum und machten sich sofort auf die Suche nach einem Eindringling.

»Hallo? Hört mir vielleicht mal jemand zu?«, She
Spider war verdutzt, zog sich etwas über und ging den
beiden hinterher.
Nun, die beiden wiederzufinden war gar nicht so
einfach, denn die Hipster Cave war ein riesiger,
größtenteils unterirdischer Bau, in dem sich ein Zimmer
an das nächste reihte.
Aus jedem dieser Zimmer gingen etliche Türen ab.
Vor Finnboys Gemach befand sich ein großer Flur. Zur
Linken ging es Richtung Klo, gegenüber befand sich
die Festhalle. Da She Spider dringenden Harndrang
hatte, begab sie sich erst einmal in Richtung
Donnerbalken.
Während dessen rannten unsere beiden Helden verteilt
durch die Hipster Cave.

Finnboys erster Anlaufpunkt war der Alkoholvorrat. Ja,
dafür hatten die beiden einen eigenen Raum. Hipster
Viking wählte den langen Weg zum Gewächshaus.
Aus Finnboys Gemach heraus rannte er links, durch das
Klo und kam an einem der beiden großen Flure heraus.
Dort wendete er sich ebenso nach links, rannte an den
beiden Gästezimmern zur Rechten und der
Besenkammer zur Linken vorbei, bis der Flur sich nach
rechts bog. Vor ihm lagen nun drei Schleusen, welche
alle durch Magie geschützt waren. Um die erste zu
öffnen musste er YMCA tanzen, hinterlegt vom original
Song der Village People. Die zweite Schleuse öffnete
sich nur, wenn man in bayrischer Tracht zwei Maß Bier
exte und danach das Alphabet rülpste. Dies war ein
Kinderspiel an normalen Tagen, doch Hipster Viking
war in Hektik, er hatte Angst, dass sich ein Einbrecher
an seinen Kräutern vergriff.
Finnboy rannte währenddessen vom Alkoholvorrat

durch eine Tür in die Festhalle und suchte unter jedem
Tisch und hinter jedem Vorhang. Als er begriff, dass
dort niemand war, begab er sich durch die nächste Tür
in die große Eingangshalle, in welcher absolut nichts
stand bis auf drei Paar Stiefel.

She Spider ging nach ihrem WC Aufenthalt durch eine
Tür in die Küche.
»Verflucht nochmal, ihr sollt abwaschen, wenn ihr
gegessen habt!«, brüllte Sie erzürnt durch die Hipster
Cave und begab sich von der Küche in das Rüstzimmer,
welches in die Küche, die Eingangshalle, den langen
Flur zum Gewächshaus und der Axtsammlung führte.
Dort knallte sie mit dem rennenden Finnboy
zusammen.
»Finnboy, du bist nackt!«, entgegnete sie ihm.
»Ich bin…«, er schaute an sich herab und merkte, dass
She Spider recht hatte. Vor lauter Hektik vergaß er sich
anzukleiden. So griff er sich Mithril und warf es sich
über.
Ja, Mithril, das Hemd aus ‚Der Herr der Ringe‘. Hipster
Viking und Finnboy waren Fans dieses Franchies und
sammelten eh jeden Scheiß den sie fanden. So kam es
dazu, dass die beiden sich eines Tages Mithril aus
einem Fanshop ersteigerten.

»Finnboy, nun hör mir doch zu. Es gibt keinen Ein-« -
»Sorry Süße, aber ich muss diesen Einbrecher finden,
bevor er sich verkrümeln kann.«, unterbrach Finnboy
sie.
»Das ist doch zum Mäuse melken mit euch Idioten!«,
rief She Spider, doch Finnboy war schon in das nächste
Zimmer verschwunden.

In dem Moment befand sich Hipster Viking vor der
dritten Schleuse, war jedoch betrunken, da er es weder
nach den ersten zwei Maß, noch nach den zweiten zwei
Maß, schaffte das Alphabet zu rülpsen und so in
kürzester Zeit sechs Maß Bier kippen musste.
Dies erschwerte den Durchgang durch die dritte
Schleuse ungemein, denn die Aufgabe um diese zu
öffnen war: „Wenn Fliegen hinter Fliegen fliegen, fliegen Fliegen
hinter Fliegen her“, dreimal schnell hintereinander zu sagen ohne
sich zu versprechen.

Finnboy stand vor der Axtsammlung und schaute sich
jede Axt genau an. Er brauchte keine Bücher oder
Nummerierungen um zu wissen, wenn eine Axt fehlte.
Das war beachtlich, denn sämtliche Wände waren voll
gehangen mit Äxten und Beilen jeder Form und Farbe.
Alte verrostete sowie auf Hochglanz polierte Äxte
zierten den Raum.

She Spider saß während all dem Gesuche nach einem
nicht vorhandenen Einbrecher mit einem Kaffee in der
Küche und überdachte ihre Vision.

Finnboy brauchte fast eine Stunde um die
Axtsammlung zu inspizieren und machte sich danach in
Richtung Gewächshaus. Sämtliche Schleusen standen
offen und ein dicker, weißer Rauch breitete sich auf
dem Boden aus.
»NEEEEIN!!!«, brüllte Finnboy und rannte den Flur
herab Richtung Gewächshaus, denn er befürchtete der
Einbrecher habe sich eine Tüte aus den besten Kräutern
gebaut.
Hinter ihm kam She Spider her, erschrocken durch das
Gebrüll.

Die beiden betraten das Gewächshaus und erblickten….

Hipster Viking mit einer riesigen Tüte in der Hand, auf
dem Boden, zwischen den Pilzen, sitzend.
»ALTER, sitzt du hier und rauchst einen, während ich
die ganze Cave durchsuche nach dem Arschloch, das
sich wagt bei uns einzubrechen!?«, schrie Finnboy
wutentbrannt.
»Heeeey Leudde, isch liuebe äucch!«, nuschelte Hipster
Viking.
»Finnboy, ich glaube, der ist hin. Hast du die
Maßbecher gesehen? Jetzt auch noch so ein Stängel,
das hält nicht einmal er aus!«, She Spider versuchte
Finnboy zu beruhigen.
Hipster Viking erhob sich und rannte, schwankend
davon.
»Wohin zum Henker-«, Finnboy war wütend und rannte
ihm hinterher.
Hipster Viking verschwand durch die Eingangstür in
den Wald vor der Hipster Cave.
Finnboy in Mithril und She Spider im
Morgenmantelgewand riefen nach ihm und suchten die
Umgebung ab.
Sie fanden ihn auf Moos kniend, einige Meter in den
Wald hinein.
Hipster Viking starrte auf einen Fuchs, der unmittelbar
vor ihm saß.
»Jetzt rede mit mir du fettes-« - »Pssssht, lass ihn
ausreden.«, entgegnete Hipster Viking Finnboy.
»Ausreden? Wen denn?«, fragte She Spider verdutzt.
»Na ihn!« - »Wen?« - »Na IHN!« - »Den Fuchs?« - »Ja
man!«
She Spider und Finnboy waren sichtlich verwirrt.
»Aber der redet doch gar-« - »Psssht!«

»Na gut-«, sprach Finnboy: »-was sagt der Flohteppich
denn?«

»Alles klar Herr Fuchs, ich mach mich fertig!«, Hipster
Viking sprang auf und kehrte zurück zur Hipster Cave.
Die anderen beiden folgten und riefen ihm Fragen
hinterher.

Im Rüstzimmer angekommen antwortete Hipster
Viking endlich.

»Er weiß wo es Gold gibt! Riesige Mengen! Da müssen
wir hin!«, sprach er.

»Gold? Der Fuchs sagt dir, er weiß wo es Gold gibt?«,
fragte She Spider: »Der Fuchs hat überhaupt nicht
geredet, Hipster Viking!«

»Vielleicht hat er das.«, warf Finnboy ein.

»Du glaubst den Unsinn?« - »Wer weiß was Hipster
Viking sich in die Tüte gepackt hat, aber wir haben
Pilze gepflanzt, die das Bewusstsein erweitern sollen.«,
sprach Finnboy und bekleidete sich ebenfalls.

»Und wo genau soll das große Goldversteck bitte
sein?«, fragte She Spider die beiden.

»Der Fuchs führt uns!«, antwortete Hipster Viking,
setzte sein Cappi auf und ging wieder in Richtung Tür.
Finnboy folgte ihm und so blieb She Spider nichts
Anderes übrig, als auch zu folgen.

Die drei standen nun wieder vor dem Fuchs, der seinen
Kopf leicht nach links beugte, danach umdrehte und
losrannte.

»Kommt Leute, er kennt den Weg!«, rief Hipster Viking
und hüpfte dem Fuchs hinterher.

»Warum hänge ich eigentlich mit euch beiden
Schwachköpfen ab?«, sprach She Spider, doch keiner
war mehr bei ihr und so rannte sie den beiden hinterher.
Der Fuchs rannte und rannte und so taten die drei es

auch.

Er führte die Gruppe aus den Wald heraus, über ein
großes Feld, doch blieb in der Mitte stehen und blickte
gen Himmel.

»Was ist denn jetzt schon wieder?«, fragte She Spider
genervt.

»PSSSSHT!«, machten die beiden Wikinger und
blickten ebenfalls in den Himmel.

»DA!«, rief Finnboy. »Was da?«, fragte She Spider.

»Der Regenbogen!«, entgegnete Hipster Viking.

»Und?«, fragte sie.

»Am Ende eines Regenbogens sitzt ein Kobold mit nem
Topf voller Gold, das weiß doch jedes Kind!«, sprach
Hipster Viking.

Und gleich darauf ging die Rennerei wieder los.

Der Regenbogen schien das Ende im Gebirge zu haben,
welches am Horizont zu sehen war.

Hinter dem Feld befand sich erneut ein Wald, doch am
Anfang des Waldes blieb die Gruppe erneut stehen und
Hipster Viking starrte in eine dicke Eiche.

»Aha? Soso! Und da bist du dir sicher? Fünf Nüsse?
Wie wäre es mit drei?«, sprach er.

»Redet er jetzt schon mit Bäumen?«, frage She Spider
Finnboy.

»Nein, mit dem Eichhörnchen, du blindes Huhn!«,
sprach Finnboy.

Und Tatsache, dort zwischen den Ästen saß ein kleines,
niedliches Eichhörnchen.

»Also Leute-«, sprach Hipster Viking: »-wir haben ein
Problem!«

»Ihr habt ne Menge Probleme!«, entgegnete She Spider.

»Das Eichhörnchen ist der Mautbeauftragte dieses

Waldes und verlangt fünf Eicheln als Bezahlung, damit
wir den Wald passieren dürfen.«, sprach Hipster Viking
und She Spider war entsetzt. »Das Eichhörnchen ist
was?« - »Mautbeauftragter!« - »Du bist doch
bescheuert! Das ist ne Eiche, hier gibt es genug Eicheln
für zehn Eichhörnchen!«, sprach She Spider und ging
in den Wald.
»NEIN, She Spider! Bleib stehen oder du-«, in dem
Moment hagelte es Nüsse und Kienäpfel auf die junge
Spinnerin herab.
»-wirst von den anderen Eichhörnchen angegriffen.«,
beendete Finnboy Hipster Vikings Satz.
Finnboy griff in seine Hosentasche und nahm drei
Eicheln heraus: »Ich hab noch drei Stück und ihr?«
»Mhm lass mal sehen.«, sprach Hipster Viking und
wühlte in der seinen.
»Eine hätte ich, wie sieht es bei dir aus Spidey?«
She Spider stand mit hochgezogenen Schulter und rot
angelaufenem, hasserfüllten Gesicht, drehte sich
langsam um und warf den beiden zwei Eicheln
entgegen.
»Yeah, hier Meister Eichhorn. Sechs Eicheln. Dürfen
wir nun passieren?«, sprach Hipster Viking und reichte
dem Eichhörnchen die Eicheln.
Der Weg war freigegeben und so konnte die Gruppe
weiter. She Spider sprach kein Wort mehr und folgte
den anderen.

Man war die angepisst!

Aber echt ey!

Ihr? Ich dachte schon, ihr meldet euch gar nicht mehr
zu Wort.

*Ausnahmsweise finden wir es angenehmer dir
zuzugucken.*

Ja man!

Ihr seid völlig bekifft, oder?

Ja man!

Nun gut. Dann werde ich die Geschichte alleine
fortführen.

 Etwa eine halbe Stunde Fußmarsch später blieb die
Gruppe erschrocken stehen, denn ein Dachs stellte sich
ihnen in den Weg.
»WOOOAAH!«, schrie Hipster Viking: »Pass doch auf,
wir haben uns erschrocken!«
Der Dachs stellte sich auf seine Hinterpfoten und
kreiste mit den Armen hin und her.
»Wirklich? Und es gibt keinen anderen Weg? Aber das
ist doch ein gewaltiger Umweg! Na gut. Kannst du uns
den Weg zeigen?«
»Was sagt er?«, fragte Finnboy.
»Das ist Meister Dachs. Er ist Bauabgeordneter dieses
Waldes.«, antwortete Hipster Viking.
»Und was will er?«
»Er möchte nichts, er sagt nur, dass es einen Erdrutsch
gab und unser Weg daher unbegehbar ist. Wir haben
zwei Möglichkeiten dies zu umgehen.«, sprach Hipster

Viking.
»Und die wären?«
»Nun der erste führt uns durch ein Moor, doch diesen
rät er uns nicht zu nehmen, da es sehr gefährlich ist.«
»Und der zweite?«
»Der zweite führt, durch einen alten Dachsbau, in eine
Höhle, aus der wir nur kommen, wenn wir gut tauchen
können.«
»Mhm. Was meinst du, Hipster Viking?«
»Nun-«, sprach er: »-mein Onkel Garm ist in diesem
Moor verschwunden. Ich denke, er lebt dort noch, er
mochte es immer etwas modrig.«
»Nun denn, auf zu deinem Onkel!«, sprach Finnboy.
»Bist du verrückt?«, fragte Hipster Viking: »Ich hasse
diesen Kerl! Lieber würde ich mir die Augenbrauen
abrasieren, als ihm zu begegnen!«
»Dann bleibt ja nur der Dachsbau.«, sprach Finnboy
und so war es beschlossen.
Nun sollte man wissen, dass ein Dachs zwar groß ist,
doch bei weitem nicht so groß und breit wie ein gut
genährter Wikinger. Daher musste die Gruppe durch
den Bau auf allen vieren kriechen. Es war natürlich
dreckig und dunkel, doch Hipster Viking erleuchtete
den Weg mit seinem Cappi.

Der Dachs führte, gefolgt von Hipster Viking, Finnboy,
She Spider und zu guter Letzt dem Fuchs. Viele Meter
ging es hinein und viele Tunnel kreuzten den Weg der
Gruppe, bis diese endlich die besagte Höhle erreichten.
Unsere drei Protagonisten klopften sich die Erde vom
Leib und blickten sich um.
Sie befanden sich in einer riesigen Höhle. So hoch und
so lang, dass sie nichts Vergleichbares je erblickt
hatten.

»Nun Meister Dachs, wie geht es nun weiter?«, fragte
Hipster Viking.
»In Ordnung. Alles klar. Fünfhundert Fuß. Kein Köpfer.
Keine Arschbombe. Verstanden. Danke dir, Meister
Dachs!«
So schwang Hipster Viking herum und führte die
Gruppe durch die Höhle. Der Dachs lief jedoch in die
andere Richtung zurück.

Hahaha. Hahaha. Hahaha.
Hallte es durch die Halle und die Gruppe schaute sich
verwirrt um.
»Wer von euch hat gelacht?«, fragte Hipster Viking.
»Niemand!«, entgegnete Finnboy ihm.
»Aber hast du das nicht auch gehört?«
»Doch!«, sprach Finnboy.
Angespannt gingen die Abenteurer weiter und das
Gelächter wurde immer lauter.
»Bei Odins Bart, was ist das?«, fragte Hipster Viking
erneut.
»Da, an der Decke!«, antwortete She Spider und zeigte
mit dem Finger hoch.
Dort oben saßen hunderte von Fledermäusen. Sie alle
starrten herab auf die Gruppe und schienen sich darüber
lustig zu machen, dass jene durch die Höhle gingen.
»HEY, was ist euer scheiß Problem?«, brüllte Finnboy,
doch das Gelächter wurde nur noch lauter.
»Ich komm gleich hoch und beiße euch die Köpfe ab!«,
sprach er, doch auch dies schien keinen zu
beeindrucken.
»Finnboy, das ist Tierquälerei. Du bist kein
Rockmusiker, okay?!«, entgegnete Hipster Viking ihm.
»Jaja, lass uns schnell hier raus!«
Die Gruppe lief weiter, doch wurde sie auf Schritt und

Tritt weiter verspottet von den Nachtfliegern, die
kopfüber von der Decke hingen.
Sie erreichten nach einiger Zeit einen großen,
unterirdischen See.
»Also Leute, wir müssen da durch!«, sprach Hipster
Viking.
»Keine Köpfer, keine Arschbomben. Verstanden?«,
fragte er die Truppe.
Alle nickten und so begab sich Hipster Viking als erstes
in das kalte Wasser.
Der Fuchs sprang hinterher, krallte sich in seinem
Rücken fest und dann tauchten die beiden ab. Finnboy
und She Spider folgten den beiden, holten tief Luft und
tauchten ab.
Nach einigen Metern Tauchweg erblickten sie die
Sonne, welche durch die Wasseroberfläche schien.
Aufgetaucht und an Land geschwommen setzte die
Gruppe sich erst einmal und ruhte für einige
Augenblicke. Der Fuchs schüttelte sich trocken und die
anderen zogen sich aus und quetschten so viel Wasser
wie möglich aus ihren Kleidern.
»Hipster Viking, dein Cappi ist ja überhaupt nicht nass
geworden!?«, entgegnete She Spider.
»Nö, das ist wasserabweisend. Cool wa?«, antwortete
er: »Jetzt lasst uns weiter, bevor jemand anderes sich
den Goldtopf schnappt!«

Es war mittlerweile schon später Nachmittag und die
Gruppe hatte noch nichts gegessen, als Finnboy sprach:
»Hipster Viking, ich brauch was für die Kiemen. Mein
Magen frisst sich auf.«
»Jo.«, sprach Hipster Viking und warf Finnboy einen
großen Schinken zu.
»Woher kommt der Schinken?«, verwirrt und doch

erfreut biss Finnboy in das saftige Stück Fleisch.
»Ich geh doch nicht ohne meinen Wanderschinken aus
dem Haus, das solltest du aber wissen!«, antwortete
Hipster Viking.
She Spider, die seit einiger Zeit ja kein Fleisch mehr aß,
fand einen Strauch mit Blaubeeren und füllte ihren
Magen mit eben jenen.

»Wie weit ist es denn jetzt noch?«, fragte Hipster
Viking den Fuchs.
»Aha. Okay. Also sind wir bald da. Sehr gut. Dann lauf
voran.«
Und die Gruppe setzte sich wieder in Bewegung.
Es war nicht mehr weit, von hier aus konnten sie genau
sehen, dass der Regenbogen in einer Höhlenöffnung zu
enden schien.
»Siehst du das, She Spider? Da wartet das Gold auf
uns!«, rief Finnboy erfreut. All seine Wut, die er auf
Hipster Vikings Drogentrip in der Höhle noch hatte,
war verflogen im Angesicht des Schatzes.
Neue Kraft erfüllte Hipster Viking und Finnboy und so
rannten die beiden den Berg hinauf.
She Spider jedoch war völlig außer Puste und ging
langsam hinter den anderen her.

Einige Meter vor der Höhle blieb der Fuchs stehen und
mit ihm auch Hipster Viking.

»Oh. Ich danke dir, Fuchs. Es war ein großes Abenteuer
mit dir an unserer Seite!«, sprach er.
»Was hat er denn?«, fragte Finnboy.
»Er kann nicht weiter mit uns kommen, er muss zurück
zu seinem Bau.«

»Nun denn, Meister Fuchs, es war mir eine Ehre, wir werden dich besuchen und dir zeigen, was wir alles gefunden haben.«, sprach Finnboy und streichelte dem Fuchs einmal über den Kopf.
Daraufhin wendete sich der Fuchs um und sprang den Berg herab.
She Spider blieb erschrocken stehen und rief den beiden zu: »Leute, davon hab ich geträumt, wir sollten ni-« - »Ja, davon haben wir alle geträumt! Ein riesiger Schatz!«, brüllten die beiden, wendeten sich Richtung Höhle und rannten weiter.
»Halt! Wartet doch!«, rief She Spider, doch die beiden hörten schon lange nicht mehr ihre warnenden Worte.

Kannst du dich noch erinnern? Wir sind da rein und erst einmal hat es gestunken wie der Tod.

Oh ja, und überall lagen Skelette und alte, verrostete Waffen.

Aber für uns war das ein gutes Zeichen.

Ja, das hieß, dass noch keiner es schaffte den Schatz zu bergen.

Dachten wir….

Wollt ihr jetzt weitererzählen?

Nein man. Mach mal.

Nun, wenige Augenblicke nachdem die beiden die

Höhle betraten, befand sich She Spider immer noch auf
dem Anstieg, doch plötzlich ertönten Schreie und
Hipster Viking und Finnboy sprangen mit umher
wirbelnden Armen aus der Höhle. Hinter ihnen eine
große, grüne Wolke, welche nach Verwesung roch.
Die beiden Wikinger liefen zu She Spider und
verkrochen sich hinter ihrem Rücken.
»Da.. da.. da«, Zittern lag in der Stimme von Hipster
Viking.
»Da.. groß.. Haare.. W.. W.. Wo..«, stammelte Finnboy.
»WOLF!«, schrie Hipster Viking.

Der Berg fing an zu beben und aus der Höhle ertönte
ein grauenvolles, lautes Heulen.
»Ihr Idioten, davor wollte ich euch schon den ganzen
Tag über warnen! Von dieser Höhle träumte ich. Doch
es war noch jemand hier in meinem Traum-«, in diesem
Moment hörten die drei einen weiteren Schrei und eine
kräftige, geradezu Mächtige Person sprang aus der
selbigen Höhle und rollte den Berg herab bis sie vor
den Füßen von She Spider liegen blieb.
»CAPTAIN HAMMER!!!«, brüllte Finnboy.
»Björn und Olaf??«, der Captain schaute vom Boden
herauf und als er die beiden erkannte, sprang er auf
seine Beine.
»IHR! Ihr habt mich hierhergelockt!«, wütend stellte er
sich vor die drei.
»Wir? Nein, du hast uns hierhergelockt, auf dass wir
von diesem riesigen Wolf gefressen werden!«, sprach
Finnboy.
»Nein, ihr habt den Fuchs geschickt! Ihr habt ihn
verzaubert, so dass ich ihn verstehen konnte und dann
führte er MICH her, um gefressen zu werden!«, sprach
Captain Hammer und deutete mit dem Finger auf die

drei Abenteurer.

»Ich hau dir ne Delle in die Gewürzgurke, du...«,
entgegnete Hipster Viking wutentbrannt und plötzlich
scheinbar wieder vollkommen nüchtern.

Er griff an seinen Gürtel, zog eine große Metflasche
und trank diese in einem Schluck aus.

Alle starrten auf ihn, bis She Spider fragte: »Jetzt
wirklich? Du stehst kurz vor einer Prügelei und kippst
dir erst einmal Alkohol hinter?«

»Hier wird nichts verschwendet, geschweige denn
verschüttet!«, antwortete Hipster Viking und stürzte
sich auf Captain Hammer.

Die beiden rollten ineinander verhakt den Berg runter
und schlugen sich abwechselnd.

Captain Hammer mit der bloßen Faust und Hipster
Viking mit der Flasche schlugen immer wieder
aufeinander ein.

Dort lagen die beiden nun am Fuße des Berges und
prügelten seit einer Weile aufeinander ein. In der Zeit
hatten She Spider und Finnboy zusammen ein
Lagerfeuer entfacht und saßen dort nebeneinander, den
Kampf beobachtend.

»Willst du Hipster Viking nicht mal helfen, Finnboy?«,
fragte sie.

»Nö. Bin viel zu kaputt für ne Prügelei.«, antwortete
Finnboy.

So vergingen einige Stunden und die Sonne wanderte
hinter den Berg, welcher einen großen Schatten ins Tal
warf.

Finnboy und She Spider schauten den beiden Kämpfern
gelangweilt zu und wetteten, wer von beiden als erstes
eine Pause brauchte, als hinter ihnen ein Schrei ertönte.

»VAAAATER! Ich eile dir zur Hilfe!«, ein großer
Schatten stand dort auf dem Berg.
Von hier unten wirkte es, als würde dort ein Riese
stehen.
»Jetzt haben wir ein Problem, She Spider.«, sagte
Finnboy, der mit eben einem solchen Riesen rechnete.
Es dauerte mehrere Minuten bis die Gestalt den Berg
herab kam.
Doch als She Spider und Finnboy dem vermeintlichen
Riesen gegenüberstanden, waren sie, wie so oft,
sichtlich verwirrt.
Dort stand kein Riese, nicht einmal ein erwachsener
Mann. Dort hockte ein Junge auf einer riesigen
Schnecke. Locken zierten sein Haupt und mit Farbe
hatte er sich Muster ins Gesicht gemalt.
»Wer bist du denn bitte?«, fragte Finnboy.
»Ich bin Early Knoppers!«, antwortete der Junge.
»Early..« - »..Knoppers?«
Die beiden verstanden kein Wort.
»Ja und ich bin hier um meinem Vater im Kampf zur
Seite zu stehen.«, sprach der Junge mit geschwollener
Brust und erhobenem Haupt.
»Dein Vater?«, fragten die beiden: »Hipster Viking?«
»Nein, dieser Unhold ist nicht mein Vater. Mein Vater
ist der einzig wahre Captain Hammer, Bezwinger der
Bären, Reiter von Svartfaxi, Meister der Gilde! Also
geht mir aus dem Weg, ihr Narren. Mein Vater braucht
Hilfe um den zu besiegen, den man Hipster Viking
nennt!«
Verdutzt blickten Finnboy und She Spider sich und den
Jungen an.
»Und wenn nicht?«, fragte Finnboy.
»Dann werde ich euch auf die Knie zwingen!«,
entgegnete Early Knoppers.

»Versuchs doch.«, antwortete Finnboy. So stieg Early Knoppers von seiner Schnecke herab und jagte Finnboy entgegen. Dieser jedoch streckte den Arm aus und hielt Early Knoppers an der Stirn.
Early Knoppers war wutentbrannt und schlug um sich, erwischte jedoch nichts.
She Spider ging an ihn heran, packte ihn am Kragen und hielt ihm einen langen Vortrag, wie man sich als junger Mann zu benehmen habe.

Hipster Viking und Captain Hammer waren während dessen immer noch damit beschäftigt sich zu schlagen. Keiner wollte der erste sein der aufgibt, doch dann stand dort einige Meter neben ihnen der Fuchs.
Beide blickten verwirrt in seine Richtung, die Fäuste noch jeweils im Gesicht des anderen.
»DU!«, brüllten die beiden.
Der Fuchs beugte seinen Kopf nach rechts und plötzlich verwandelte er sich in eine Person.
»DU?«, fragten die beiden verwirrt.

»Ihr Narren, seit Stunden schau ich euch dabei zu wie ihr euch die Köpfe einschlagt!«, sprach der Mann.
»Warum zieht ihr nicht eure Waffen und streckt euch nieder?«
Der Mann, der eben noch ein Fuchs war, schien sehr erbost.
»DU? Trickster? Du hier? Was hast du hier verloren?«, sprach Captain Hammer.
»Trickster? Was meinst du mit Trickster? Das war doch gerade noch ein Fuchs… ich glaube, ich habe ne Gehirnerschütterung...«, sprach Hipster Viking verwirrt.
»Das ist nicht irgendein Fuchs und auch nicht irgendein

Mann. Es ist der Trickster. Loki!«, sprach der Captain und stand langsam auf.
»Loki? Der Loki?« - »Ja genau, der Loki!«, sprach Captain Hammer.
»Ihr dummen Sterblichen, ist es denn so schwer zu sterben?«, sprach Loki.
»All die Bemühungen… all die Planung!«
»Was meint ihr?«, fragte Hipster Viking.
»Ihr solltet gefressen werden, doch ihr entkamt. Dann seid ihr aufeinandergetroffen und anstelle mit euren Waffen den Berg zu zerlegen und den Wolf zu befreien, liegt ihr hier im Schmutz und schlagt euch wie Buben.«, Wuterzürnt stand Loki da und brüllte den beiden Rivalen entgegen.

Finnboy, She Spider und Early Knoppers standen weiter oben auf dem Berg und schauten zu dem Geschehen herab.
»Ist das-?« - »Ich glaube schon!« - »Also war das gar kein-« - »-Fuchs? Scheinbar nicht.«

»Nun erhebt eure Waffen und tötet euch!«, brüllte Loki und seine Stimme hallte aus allen Richtungen zurück.
»Alles klar…«, sprach Hipster Viking und wendete sich Captain Hammer wieder zu.
»Hipster Viking, höre mir zu… Loki möchte, dass wir uns gegenseitig töten. Aber warum sollten wir ihm den Gefallen tun?«, sprach Captain Hammer.
Hipster Viking überlegte kurz, schaute Captain Hammer ins Gesicht und beide nickten sich zu. Im gleichen Zug drehten die beiden sich und schlugen in Lokis Richtung, doch der verschwand in einer schwarzen Wolke.

»Wohin ist der denn jetzt?«, fragte Captain Hammer.
»Ich hoffe für ihn, in Asgard. Ansonsten reiß ich ihm
den Hintern auf und ***************«, entgegnete
Hipster Viking.
»WHOA! Ganz ruhig Junge. Das ist ja ekelhaft!«

Loki war fort und hinterließ große Verwirrung.

»Nun Hipster Viking, Finnboy und… wer seid ihr?«,
fragte Captain Hammer.
»She Spider«, antwortete She Spider.
»…und She Spider. Der Trickster hat uns alle getäuscht.
Lasst uns getrennter Wege gehen und eines anderen
Tages werden wir unseren Kampf austragen. Was haltet
ihr davon?«
»Dicker, das ist die beste Idee seit langem. Ich will nur
noch ins Bett!«, sprach Finnboy und so verabschiedeten
She Spider, Finnboy und Hipster Viking sich von
Captain Hammer und Early Knoppers.

Geil!

Also wirklich, grandios geschrieben!

Danke.

**Wirklich, wir sollten dich öfter schreiben lassen und
einen buffen.**

*Ja man. Die Spannung. Ich hätte nie gedacht, dass der
Fuchs nen Bösewicht ist.*

Ich auch nicht.

Leute? Das ist eure Geschichte, ihr habt das doch so erlebt.

Stimmt ja.

War das nicht nen Hund?

Ich weiß nicht. Ich war ganz schön breit.

Naja, als wir zurück in die Batcave kamen, haben wir uns ganz schön die Birne zugekippt.

Batcave? Du meinst Hipster Cave!

Scheiße, japp. Sorry, ich dachte ich wäre Batman.

Also wenn überhaupt, dann bist du Robin und ich bin Batman.

Nein ich bin Batman!

ICH BIN BATMAN!

Okay es reicht. Ich bin raus für heute. Netflix wartet auf mich.

ICH BIN BATMAN!

Staatsfeind

In Asgard saß der mächtige Heimdall auf seinem
Ausschau, blickte und horchte was in den Welten
geschah. Jeden Tag seit Beginn der Zeit saß er dort und
beobachtete das Leben, wie es wuchs und sich
entwickelte.
Man sagt, Heimdall könne das Gras auf der Erde und
die Wolle an den Schafen wachsen hören.
Wie man sich vorstellen kann, führte dies häufig dazu,
dass Heimdall an Migränen litt.
Seine Aufgabe jedoch war zu hören, zu sehen und den
Bifröst zu bewachen.

Bisher war dieser Tag wie jeder andere, der Ase
überblickte die Welten und beobachtete was geschah,
doch dann sah er etwas, dass ihm den Atem abschnitt.
Zwei Gestalten bearbeiteten mit Axt und Messer die
Wurzeln Yggdrasils.
Dies allein wäre schon schlimm genug, jedoch war es
die Wurzel an der Gjallarhorn, das Horn welches
Ragnarök heraufbeschwören sollte, begraben lag.
Die beiden Gestalten schienen durch einen Zauber
geschützt, denn ein grelles Licht blendete ihre
Umgebung, doch es gab nichts was dem Gott entging.
Sofort rief Heimdall die anderen Asen zu sich um diese
in Kenntnis zu setzen und in der Hoffnung einer der
Götter würde sich verantwortlich fühlen jene Unholde
zu vertreiben.

Wie ihr euch sicher vorstellen könnt, waren die
Gestalten unsere beiden Freunde Hipster Viking und

Finnboy.

Tadaaaaaa.

Wer hätte es gedacht?

Haha. Das war ein Tag. Wir wussten nicht einmal an welcher Wurzel wir arbeiteten.
Das Ding war einfach im Weg. Wir wollten unsere Hipster Cave vergrößern, woher sollten wir denn wissen, dass die Idioten dort dieses magische super duper Horn versteckt hatten.

Eben. Ich meine, warum sollten die so etwas auch machen? Wäre das Horn in der Schatzkammer Asgards nicht besser aufgehoben?

Habt ihr denn gar keine Geschichten gehört als ihr Kinder wart?

Doch doch. Aber wer glaubt denn heute noch an Götter?

Ihr seid schon einigen begegnet. Loki? Thor?

Naja, jeder blonde Hüne kann sich hinstellen und behaupten er wäre Thor.

Und bei den heutigen Mitteln kann sich auch jeder Kerl nen Fuchsgewand überstreifen und ein paar bekiffte Leute verwirren.

Manchmal wünschte ich mir, die Geschichte von etwas

intelligenteren Leuten schreiben zu dürfen.

*Hör auf zu heulen. Du bist uns zugeteilt worden. Aus
und gut.*
Dürften wir jetzt dann endlich fortfahren?
Danke.

*Also, wir bearbeiteten gerade diese Wurzel, welche uns
zum Ausbau der Cave im Weg war, als wir auf dieses
Horn stießen.*
*Wir waren entzückt. Hatte doch tatsächlich irgendein
Vollhorst ein solch schönes und riesiges Horn einfach
liegen lassen.*
*Es passte perfekt über den Kamin in der Festhalle und
beim nächsten Besuch unserer Leute würden wir
einfach mal das größte haben.*
*Finnboy machte sich daran, es von Schmutz zu befreien
und ein paar Haken zum Aufhängen zu suchen.*
*Ich bearbeitete weiter diese Wurzel. So viel sei gesagt,
Yggdrasils Wurzeln sind ziemlich zäh. Trotz meines
beachtlichen Talents im Holz hacken dauerte es ewig,
auch nur wenige Zentimeter in diese zu schlagen.*
*Da ich nicht wirklich Bock hatte, die nächsten Tage
damit zu verbringen auf Holz einzuschlagen,
entwickelte ich einen alternativen Plan.*

**Sollte je jemand von euch ein Bauvorhaben mit
Hipster Viking planen, haltet ihn genau im Auge.**

Hey, es lief gar nicht mal so schlecht, klar?

**Es lief nicht schlecht? Du hättest beinahe die ganze
Hipster Cave zerstört.**

Ich gebe zu, der Plan hatte so seine Schwächen, aber wenigstens hatte ich eine Idee.

Ja und die bestand darin, die Wurzel mit TNT in ihre Einzelteile zu sprengen!!

Ja und es hat ja auch geklappt. Also so ein bisschen jedenfalls.

Ich glaube es ja nicht.

Egal. Jedenfalls saß ich gerade in der Küche und kratzte den Sand aus dem Horn, als es plötzlich einen Knall gab der die gesamte Hipster Cave zum Wackeln brachte. Staub viel von der Decke und die Balken und Dielen knarrten. Ein Erdbeben dachte ich, oder ein Stern der aus dem Himmel gefallen war. Nachdem die Erschütterung aufhörte, konnte ich einen Schrei vernehmen und danach ein dumpfes Geräusch eines Aufknalls.
Ich begab mich in die Eingangshalle mit dem Horn in der Hand. War ich es? War dies ein magisches Horn das Erdbeben verursachte?
Doch dann öffnete sich die Eingangstür und herein kam Hipster Viking. Vollkommen mit Dreck bedeckt und dampfend.
»Hast du das Erdbe-«, in diesem Moment kippte Hipster Viking nach vorne und lag auf dem Boden. Ich stand dort, putzte nebenbei das Horn, und überlegte was gerade geschehen war.

Anstelle mir aufzuhelfen und mir nen Bier einzuschenken.

Ich stand unter Schock, okay?

Und ich war gerade durch eine Explosion mehrere hundert Meter durch die Luft geschleudert worden!

Selber schuld.

Würden wir Emoticons schreiben können, würdest du jetzt ein wütendes erhalten, gefolgt von einem traurigen und zu guter Letzt einen Mittelfinger!

Egal. Jedenfalls…

Moment mal Leute. Es hat gerade geklingelt. Wartet ihr mit dem Weiterschreiben einen Moment?

Na gut.

Wieder da. Danke, also fahrt fort.

ICH übernehme!
Ich lag also dort und sabberte den Boden voll während Finnboy sich das Horn schrubbte.
Nach einiger Zeit kam wieder Kraft über mich und ich erhob meinen geschundenen Leib um mir den Krater angucken zu gehen, welcher doch hoffentlich entstanden war.

Finnboy folgte mir und wir begutachteten gemeinsam das Loch.

Wohl eher den Krater!

Gut, den Krater. Finnboy fiel die Kinnlade runter, doch ich war stolz wie Bolle.
Dort standen wir nun, ich mit den Armen in die Hüfte gestemmt und geschwollener Brust und Finnboy mit Verzweiflung im Gesicht, als eine weitere Erschütterung den Berg und die Hipster Cave erschütterte.
»Hast du etwa noch einen Sprengsatz gelegt, du Idiot?«, fragte Finnboy.
»Nicht dass ich wüsste. Vielleicht ist das ja nur ein Nachbeben?«
Wir machten uns auf die Suche nach dem Ursprung dieser zweiten Erschütterung.
Vor der Cave wurden wir fündig.
Dort schlug ein riesiger Lichtstrahl auf den Boden und in ihm standen plötzlich drei Schatten. Als das Licht verschwand konnten wir die Fratzen erkennen.
»Hey Ihr Arschlöscher, ihr ruiniert unseren Rasen! Ich glaube mein Tintenfisch kleckert!«, brüllte ich den dreien entgegen.
»Hipster Viking, das sind-«, Finnboy wurde von einem der Idioten unterbrochen.

»Finnboy und Hipster Viking, so sieht man sich wieder!«, sprach jener.
»Hipster Viking und Finnboy, wenn ich bitten darf!«, antwortete ich.
»Also wer seid Ihr Rasentrampler?«

Der, von dem ich denke, dass er es ist?

Kann ich deine Gedanken lesen?

Nein. Aber…

„THOR!“, rief der Mann.

Wusste ich's doch!

„Das ist hier kein Public Viewing Platz du Flöte, also verschwinde!“, der Kerl machte mich wütend.

Den Spruch hatte er wohl schon öfter gehört, er war jedenfalls nicht begeistert.
»Nein, Sterblicher. Ich bin Thor Odinsson und mit mir reisen Tyr, Gott des Kampfes, und Heimdall, Wächter des Bifröst!«, entgegnete Thor uns.

»Oh hallo Thor, hehe, schön dass man sich mal wieder begegnet, hehe, wie… wie geht es denn so?«, bei unserer letzten Begegnung waren wir nicht gerade gut auseinander gegangen und daher hatte ich eine Heidenangst.
»Ihr werdet büßen für die Manipulation meines Vorhabens!«, sprach der Donnergott erzürnt: „Doch vorerst gebt uns Gjallarhorn, ihr habt nicht das Recht dieses zu besitzen!“
»Gjallarwas?«
»Gjallarhorn! Heimdalls Horn, welches ihr mit Gewalt der Wurzel Yggdrasils entrissen habt!«, sprach dieser andere Kerl hinter Thor.
»Gewalt? Horn? Ich weiß nicht, wovon ihr sprecht!

Sag mal, warum hast du nur eine Hand?«, Hipster
Viking war bekannt dafür in Fettnäpfchen zu treten,
aber warum zum Henker musste ich immer neben
ihm stehen, wenn er dies tat?
»Hipster Viking, sei besser ruhig,«, flüsterte ich ihm
zu: »Das ist Tyr, die Hand hat er verloren als er
Fenrir die Kette Gleipnir angelegt hat!«
»Gebt uns das Horn und wir vergessen all eure
Kindereien!«, sprach der dritte, welcher demzufolge
Heimdall sein musste.
»Nur über meine Leiche!«, rief Hipster Viking,
schnappte sich das Horn und rannte davon.

*Haha. Die haben sicher dumm geguckt oder? Haben
sie dumm geguckt Finnboy?*

Kurze Zeit ja, doch dann wurde aus dumm eher
wütend. Ich meine so richtig wütend.
So: `Der hat meine Frau geschwängert!' wütend.

Leute, Leute… könnt ihr beiden euch nicht mal normal
ausdrücken? Immer diese Übertreibungen und
Schimpfwörter. Wer will denn so etwas lesen?

*Ach sei ruhig! Du bist nen ganz schönes Weichei,
Mister Moralappostel!*

Ich möchte nur nicht, dass mein erstes Buch sofort
indiziert wird, weil ihr beide eure Ausdrucksweise nicht
in den Griff bekommt.

*Lutsch *******!!!*

Genau das meine ich.

Mädels, beruhigt euch. Die Leser wollen sicher wissen, wie es weitergeht!

Na gut. Aber dann soll dieses Weichbrot weiterschreiben!

Herr Schreiber, wären sie so nett?

In Ordnung.
Hipster Viking rannte so schnell er konnte durch den Wald, ohne Plan und ohne Ziel.
Er wollte einfach nur weg von diesen Göttern.
Finnboy stand wie angewurzelt da, als die Götter sich zu ihm wandten, sie wollten gerade anfangen ihn zu bedrohen, da packte auch Finnboy die Lust davonzulaufen und so tat er es dann auch.
Die drei Götter waren geschockt von der Dreistigkeit der beiden Menschen, schauten sich abwechselnd an und entschieden dann, sich zu trennen um die Diebe schnellstmöglich zu finden.
Diese Suche sollte viele Tage andauern und sich nicht nur über Midgard erstrecken.
Trotz der Fähigkeiten, welche die Götter hatten, war es ihnen nicht möglich die beiden Wikinger festzusetzen.

Hipster Viking und Finnboy rannten getrennter Wege um ihr Leben und sahen sich für eine lange Zeit nicht mehr. Den Weg von Finnboy werden wir später verfolgen. Zuerst widmen wir unsere Aufmerksamkeit Hipster Viking, welcher durch den Diebstahl von Gjallarhorn zu einem Staatsfeind Asgards wurde. Noch heute hängen vereinzelt Fahndungsplakate mit seinem Gesicht in den Methallen und auf den Marktplätzen aller Welten.

*Ja, das stimmt. Eigentlich bin ich ja wieder cool mit
den Göttern, aber einige Jarls und Gegner unserer
Abenteurer nutzten diese Plakate um Leute um sich zu
scharen, die uns den Garaus machen wollen. Aber auch
dazu später.*
Ich rannte. Rannte. Rannte und rannte.
*Warum sollte ich das Horn diesen Idioten geben? Ich
hatte immerhin ne Menge Arbeit darein gesteckt dieses
zu bergen. Nein, ich konnte es nicht einsehen. Ich sehe
es immer noch nicht ein.*
*Nun, es gibt Wege, die von Midgard nach Svartalheim
führen und ich beschloss, eben jenen Weg zu gehen.
Dort hatte ich alte Bekannte, die mir noch den ein oder
anderen Gefallen schuldeten. Wo diese Wege
entlanggehen und wie jene aussehen werde ich
natürlich nicht verraten. Dann wüsste das ja jeder.
Es dauerte allerdings einige Tage bis ich dort ankam,
soviel sei gesagt.*

*Auf dem Weg zum Übergang schickte ich einen Raben
an meinen Zwergenfreund Nyr, welcher mich auf der
anderen Seite schon sehnsüchtig erwartete.*

*»Du alter Halunke! Was hast du getan, dass dich die
Götter jagen?«, fragte er mit breitem Grinsen auf dem
Gesicht.*
*»Das ist eine lange Geschichte, mein Freund, aber
zuerst muss ich etwas essen und meine müden Beine
ausruhen.«, antwortete ich ihm.*
*Und so war es, Nyr brachte mich in seine Höhle,
welche durch uralte Künste vor den Augen der Götter
versteckt blieb, in der ich mich betten konnte und ein*

prachtvolles Festmahl bereitstand.
Wir aßen und tranken gemeinsam und ich erzählte
meine zuletzt erlebten Abenteuer.
Er lachte laut, als ich zu der Stelle kam, an der meine
Flucht begann: »So dusslig du auch bist, mein Freund,
an Mut mangelt es dir nicht!«
Wir saßen dort nun mehrere Tage zusammen und
warteten ab, in der Hoffnung die Götter würden ihre
Suche beenden.
Dann eines Tages trieb es mich nach draußen. Eine
Zwergenhöhle hat wirklich jeden Luxus den man sich
vorstellen kann, aber nach einiger Zeit kann man
frische Luft schon echt vermissen.
Ich trat aus der Höhle, doch plötzlich war es wieder
dunkel. Dunkler als in der Höhle und dunkler als bei
Nacht. Ich war mir nicht ganz sicher was geschah,
doch ehe ich mich versah, saß ich in einer Zelle.

Eine Zelle?

Ja man, mit Stangen aus hartem Stahl und keinerlei
Luxus.

Was für eine Zelle war das?

Nun wie sich herausstellte, hatten die Götter Wind
davon bekommen, wo ich mich versteckte. Also
warteten diese Hunde um mich wegzuschnappen sobald
ich mich an die frische Luft begab.

Und wo genau befand sich diese Zelle nun?

Na in Asgard, du Kleinhirn.
Die haben mich hinter schwedische Gardinen

teleportiert mit ihrem Bifröstdreck.
Und da saß ich nun, weggesperrt, weit weg von allem
was ich mochte. Allem was Spaß bereitete. Glaubt mir,
der Kerker Asgards ist kein lustiger Platz.
Aber ich denke, das berichte ich euch ein andern Mal,
ich bin verabredet.

Wie jetzt? Aber die Geschichte ist doch noch nicht
beendet.

Ja, egal... Super Cliffhanger. Die Leute werden
ausflippen und weiterlesen wollen, aber es nicht
können. So erzeugt man eine Sucht, mein Lieber. Also
reingehauen!

Aber... Aber...
Na gut. Finnboy möchtest du dann weiter erzählen, was
dir geschah?

Nö.

Wie, nö?

**Nö. Ich schmeiß die Glotze an und lass mich von
intellektuellem Dünnschiss berieseln.**

Also lasst ihr mich beide im Stich?

Hallo?

Hallo?

Na super.

Leider weiß ich ab dieser Stelle nicht, was den beiden
geschehen ist.
Wir alle müssen also scheinbar darauf warten, dass die
beiden wiederkehren um ihre Geschichten zu erzählen.

Ich bin genauso enttäuscht wie DU!

Vielleicht sind die beiden ja gleich wieder da. Lass uns
etwas warten.

Mhm. Wie wäre es mit einem Witz für die Wartezeit?

Ein Wikinger trifft auf großer Fahrt einen Engländer
auf seinem Hof. Bei ihm, ein Hund, ein Pferd und ein
Schaf.
Wikinger: »Darf ich mal mit deinem Hund reden?»
Engländer: »Der Hund kann nicht reden.»
Wikinger: »Hallo alter Hund, wie geht's denn so?»

Hund: »Oh, mir geht's gut. Mein Herr behandelt mich gut, füttert
mich, geht zweimal pro Tag mit mir aus…»
Der Engländer schaut ganz erstaunt.
Wikinger: »Aha, darf ich mal mit deinem Pferd reden?»
Engländer: »Das Pferd kann nicht reden.»
Wikinger: »Hallo altes Pferd, wie geht's denn so?»
Pferd: »Och, mir geht's super!
Mein Herr behandelt mich gut, reibt mich trocken,
füttert mich…»
Der Engländer ist noch erstaunter.
Wikinger: »Kann ich mal mit deinem Schaf reden?»
Engländer: »Das Schaf lügt …»

Nicht so gut?

Also ich finde den super.

Mhm. Es scheint keiner mehr zu kommen.

Verdammt.

Nun denn. Ich schmeiß dann mal das Internet an und
schaue, was es so neues gibt.

Guckt nicht zu viele Schmuddelfilme, Kinder!

Bis dann.

Dead or Alive

„Haben sie diesen Mann gesehen?", stand in
Großbuchstaben auf dem Plakat geschrieben.
„Hipster Viking – Gesucht, lebendig oder tot.
Belohnung: Ein Goldnugget."
Seit Tagen sah man diese Plakate an jeder Ecke und in
jeder Methalle hängen, dazu ein Bild von ihm.
Viele Gerüchte machten sich breit. Niemand wusste
genau, was der Grund für jenes Kopfgeld war, doch den
meisten war das eh egal. Ein Goldnugget war Grund
genug, die Augen offen zu halten und im Fall der Fälle
diesen Mann zu packen, tot oder lebendig.
Viele Leute sprachen davon, ihm begegnet zu sein.
Manche berichteten, sie hätten mit ihm gerungen und
präsentierten stolz ihre blauen Flecken und Narben.
»Schwachsinn!«, dachte Captain Hammer sich.
Er kannte den Gesuchten und wusste genau, ob sein
Gegenüber log.
»Die meisten von denen wurden wohl eher von ihren
Weibern verprügelt!«, sprach er zu Early Knoppers.

Die beiden saßen in einer Taverne am Rand der Welt.
Hier hatte man eine wunderbare Aussicht auf die
Klippe, hinter der nichts Anderes als Leere sich breit
machte.
Die beiden streiften seit einiger Zeit durch die Lande
und suchten nach einer Spur des Mannes, welcher den
beiden so einige schlaflose Nächte bereitete.
»Vater, warum hasst ihr diesen Hipster Viking
eigentlich so sehr?«, Early Knoppers knabberte an

einem Stück Trockenfisch, als er jene Frage stellte.
»Ich hasse ihn nicht. Er ist eine Bedrohung für uns.«,
antwortete Captain Hammer.
»Aber wie kann das sein? Du bist einer der mächtigsten
die jemals gelebt haben. Wie kann ein solcher Mann für
dich eine Bedrohung sein?«, fragte Early Knoppers
erstaunt.
»Die Nornen warnten mich vor ihm. Eine große
Schlacht, sagten Sie mir, wird mein Schicksal
bestimmen und mir gegenüber werden zwei Männer
stehen, welche durch unfaire Mittel meinen Untergang
bedeuten sollen.«
»Aber die beiden wirkten jetzt nicht gerade so helle.«,
sprach Early Knoppers.

Eine Gruppe von Männern betraten die Taverne. Einer
größer und hässlicher als der andere.
»Met, Schankweib!«, rief der eine. »Bring gleich das
ganze Fass!«, grölte ein anderer.
Die zwölf Mann starke Gruppe stellte einige Tische
zusammen, setzte sich und benahm sich, als wäre dies
ihr eigenes Heim. Sie zogen die Stiefel aus, öffneten
die Hosenställe, lachten und grölten lauthals in die
Runde.
Die Schankfrau kam mit einem großen Fass aus dem
Lagerbereich zurück und begab sich zu dem Tisch.
»Vater, ich spüre, dass es Ärger geben wird. Soll ich die
Waffen holen?«, fragte Early Knoppers. Er hatte ein
Gespür für solche Angelegenheiten, er war es, der
nachts schweißgebadet wach wurde und Captain
Hammer davon berichtete wann, was geschehen würde.
Nach anfänglicher Skepsis merkte Captain Hammer,
dass sich die Träume Knoppers immer bestätigten und
so nickte er, auf dass der Junge die Waffen holte.

Early Knoppers erhob sich, warf das Stück
Trockenfisch auf den Teller und eilte in die Ställe, in
welchen die beiden Reittiere untergebracht waren und
mit ihnen die Ausrüstung.

Captain Hammer beobachtete nun argwöhnisch das
Geschehen an der Tafel dieser hässlichen Mannschaft.
Als die Schankfrau mit Bier den Tisch erreichte, rissen
die Männer ihr jenes sofort aus den Händen. Sie kehrte
um doch kam nicht weit. Einer der Männer packte sie
an der Hüfte und zog sie zu sich.
»Du bist aber ein hübsches Kind. Lass mich dir zeigen,
 was ein echter Mann so alles für dich tun kann.«,
sprach der Kerl und griff an ihren Busen.
»Ein echter Mann? So einem bin ich HIER noch nicht
begegnet!«, sprach die Frau und riss sich aus dem Griff
des Mannes. Dieser fand die Abweisung scheinbar nicht
sehr lustig, so sprang er ihr hinterher, packte sie und
riss ihr Kleid auf.
Die anderen Männer an seinem Tisch lachten und
jubelten ihm zu.
»Wo bleibt der Junge?«, fragte sich Captain Hammer,
dem dieser Anblick gar nicht zusagte.

»Wo sind denn deine Schwestern und Töchter, Kind?«,
sprach der Kerl der Schankfrau ins Ohr. In diesem
Moment kamen zwei Frauen aus dem Küchenbereich.
Langes, blondes Haar schmückte ihre Köpfe, tiefe
blaue Augen und Körper, die zum Träumen anregten.
»Aha. Da haben wir sie ja. Jungs, da drüber!«, rief der
Kerl und sofort sprangen vier der Männer auf und
wandten sich den Damen zu.
Sie stampften mit großen Schritten auf die jungen
Damen zu, bis einer der vier zu Boden ging.

»Was in Odins Namen?«, fragte der andere verwirrt und kurz darauf traf ihn ein Teller an der Stirn und ließ ihn zusammensinken.
»WER WAGT ES SI-«, rief der erste Unhold: »ICH!«, antwortete Captain Hammer. Den Rücken zu den Männern gewandt saß er noch immer an seinem Tisch. Die Männer konnten sein Gesicht nicht erkennen und waren erbost über den Eingriff in ihr Unterfangen.
»Wer bist du? ZEIG DICH!«, brüllte der Kerl, noch immer mit der Schankfrau im Griff.
Langsam stand Captain Hammer auf und drehte sich zu den Männern.
»Sag mir deinen Namen!«, sprach der Kerl. Er holte ein Messer aus dem Gürtel und hielt es der Schankfrau an die Kehle. »SAG MIR DEINEN NAMEN!«
Captain Hammer blickte dem Mann tief in die Augen, als der Rest der Gruppe sich erhob und langsam auf den Captain zuging.
»Du denkst wohl, du bist ein ganz harter, was? Wenn wir mit dir fertig sind nehmen wir die Frauen und wer weiß, vielleicht hat der eine oder andere auch an deinem Arsch Interesse!«, schellte der Mann Captain Hammer entgegen.
»Wenn wir hier fertig sind, treibt ihr allesamt im Nichts!«, sprach der Captain.

Daraufhin stürmte die Gruppe auf ihn zu, mit Waffen in den Händen und finsteren Gesichtsausdrücken.

Early Knoppers stand in den Ställen und durchwühlte die Taschen.
»Wo hat der Alte bloß seine Hämmer versteckt?«, dachte er.

Er zog alles Mögliche aus den Taschen: Pfannen, Felle,
Äpfel, Bücher, Tabak und auch Unterwäsche, doch
nirgendwo fand er die Hämmer.
Die Hämmer hingen wie immer in den Satteltaschen
Svartfaxis, doch Early Knoppers stand des Öfteren auf
dem Schlauch wenn es darum ging etwas zu finden.
Er war ein talentierter Tierdresseur und beherrschte
jedes Brett-, Karten- und Würfelspiel wie kein zweiter,
doch Sachen zu finden war nicht seine Stärke.
Also wühlte und wühlte er. Er durchsuchte sogar die
Futtertröge der beiden Reittiere doch fand nichts, also
griff er sich eine Heugabel und eine Sense, welche an
den Wänden hingen und marschierte wieder in
Richtung Essenssaal.
Doch in dem Moment in dem er die Stalltüren hinter
sich zuschlug, brachen Männer durch die Wände des
Gebäudes. Ein lauter Knall, gefolgt von Holzsplittern
und winselnden Häufchen Männer breiteten sich vor
seinen Augen auf.
Erst kam einer geflogen, dann zwei und dann mit einem
Streich gleich sechs.
Doch die Männer waren hart im Nehmen und erhoben
sich, zwar langsam, aber sie erhoben sich.
Aus dem Loch in der Wand trat nun Early Knoppers
Vater.
Auf seiner Stirn pulsierte eine Ader und Early
Knoppers hätte schwören können er habe: „Pissed Off"
in dem Muster von Captain Hammers Stirn lesen
können.
»Wo sind die Waffen, Kind?«, rief Captain Hammer
ihm zu.
»Ich kann sie nicht finden, nirgendwo in den Taschen
liegt auch nur ein Hammer!«, antwortete dieser.
»IN DEN GÜRTELTASCHEN VERDAMMT!«,

brüllte Captain Hammer, auf dem die anderen Männer
lagen und auf ihn einschlugen.
»Natürlich!«, sprach Early Knoppers zu sich selbst und
spurtete zurück zu den Ställen.
Kaum öffnete er die Tore, sprang Svartfaxi heraus.
Eine Katze, groß wie ein Elch, mit dem dunkelsten Fell,
das ein Tier nur tragen konnte, stand dort und fauchte
lauthals in Richtung des Geschehens.
Die Männer drehten sich um und die drei, die sich bis
dahin noch im Innenraum befanden, traten heraus um
zu sehen was dieses mächtige Geräusch verursachte.
Scharfe Zähne, lange Klauen und ein Blick der
Albträume verursachen konnte, das war alles was die
Männer sahen. Angstschweiß machte sich breit.
Captain Hammer grinste und rief: »Svartfaxi… Essen!«
Sofort sprang die Katze los und griff sich einen nach
dem anderen.
Aus der Sicht von Early Knoppers sah es aus, als würde
die Katze mit vielen kleinen Küken spielen. Die
Männer rannten, panisch schreiend im Kreis und
suchten einen Weg den Griffen und Bissen zu
entkommen, doch dies war erfolglos.

Eine ganze Weile ging dieses Spiel und Captain
Hammer schaute zusammen mit Early Knoppers dem
Geschehen belustigt zu.
»Junge, manche Menschen haben einfach nur ein
großes Maul und fühlen sich in der Gruppe stark,
aber...«, Early Knoppers unterbrach ihn: »...aber stehen
diese Männer vor einer großen Katze, ziehen sie die
Schwänze ein!«
Die beiden lachten lauthals.
»Svartfaxi!«, rief der Captain dann: »Lass gut sein,
meine Liebe. Ich habe noch was Anderes mit den

Kerlen vor!«
Svartfaxi drehte den Kopf zu Captain Hammer, aus
ihrem Mund schauten ein paar zappelnde Beine heraus
und die Katze legte den süßesten Blick auf den sie
hatte.
Dieser bedeutete so viel wie: Darf ich den bitte essen?
Captain Hammer lächelte: »Aber nur den einen!«
Kaum hatte er ausgesprochen, verschwanden die Beine
im Rachen der Katze und diese ging zurück in den
Stall.
Die restlichen Männer lagen geschunden auf dem
Boden.
»So ihr Idioten, entschuldigt euch bei den Damen für
euer Benehmen!«, sprach Captain Hammer.
Die Männer krochen auf den Knien und winselten
Entschuldigungen vor sich her.
Daraufhin griffen Captain Hammer und Early Knoppers
die elf übrig gebliebenen und stellten sie an den
Abgrund.

»Menschen wie ihr, sind der Grund dafür, warum es
keinen Frieden gibt! Fühlt Ihr euch mächtig, wenn ihr
euch an hilflosen Frauen und Kindern vergreift? Wenn
ihr euch in einer Gruppe einzelnen gegenüberstellt?
Feiglinge, sage ich! Ich hätte euch alle als Futter für
meine Katze lassen sollen! Kreaturen wie ihr versaut
mir den Tag! Jeden verdammten Tag lese ich von
Überfällen und höre von Mord und Vergewaltigung.
Doch das hat ein Ende! Ihr werdet hier nicht mehr
wüten. Ich habe lange einen diplomatischen und
friedlichen Weg gesucht, dem Treiben euresgleichen ein
Ende zu bereiten, doch ihr wollt es ja nicht anders. Sollt

ihr auf ewig herumtreiben! Ich wünsche euch nichts
Gutes.«

So sprach Captain Hammer mit Wut und gleichzeitiger
Trauer im Gesicht.
Einen Moment lang schaute er sich die Männer noch
einmal genaustens an um ihre Gesichter zu behalten.
»Jetzt tief Luft holen!«, sprach Early Knoppers mit
einem dicken Grinsen auf dem Gesicht.
»AAAARGH!«, brüllte der Captain ganz plötzlich, die
Männer erschraken sich und wichen nach hinten aus,
doch hinter ihnen war nichts. Kein Boden, keine
Schwerkraft, nur endlose Leere.

»Und nun, Vater?«, fragte Early Knoppers.
»Nun, Kind, machen wir uns auf den Weg und suchen
den Hipster Viking!«, antwortete Captain Hammer.

Einige Tage später:

„Haben Sie diesen Mann gesehen?"
Das Suchplakat hing überall und so auch in der
Methalle, in welcher Captain Hammer und Early
Knoppers sich ein Getränk genehmigen wollten.
»Der, den sie Hipster Viking nennen, wurde in den
Kerker Asgards geworfen!«, so hieß es.
Captain Hammer war unsicher, was dieses neue
Gerücht anging, doch seit zwei Tagen sprach man
überall davon.
Konnte es sein? War die Bedrohung vorerst aus der
Welt geschafft?

Er musste sichergehen und so begab er sich auf den
höchsten Berg in der Nähe.
Dort wartete ein großer Mann auf ihn, ein Umhang lag
über seinen Schultern, auf dass er nicht erkannt werden
konnte.
»Ist es wahr? Ist der Hipster Viking in euren Kerkern
eingesperrt?«, rief Captain Hammer dem Mann
entgegen.
»Ja, wir haben ihn gefasst!«, antwortete Thor und
verschwand in einem Blitz.

She Spider - Heimat

Kommen die denn gar nicht mehr wieder?
Seit Tagen haben sich Hipster Viking und Finnboy nicht mehr gemeldet, ich mache mir langsam Sorgen.
Nun, da ich immer noch allein bin, erzähle ich euch was unsere Bekannte, She Spider, in der Zeit erlebte, in der Finnboy und Hipster Viking auf der Flucht vor den Göttern waren.

Es war nicht einfach, jeden Tag mit zwei Männern zu verbringen, vor allem nicht, wenn diese die meiste Zeit damit verbrachten, betrunken oder zugedröhnt in ihrer Höhle abzuhängen. So kam es, dass She Spider sich entschied, einen Urlaub bei ihrer Verwandtschaft einzulegen.
Dies geschah schon einige Tage bevor die beiden, beim Versuch die Hipster Cave zu erweitern, auf Gjallahorn stießen und die Flucht vor den Göttern begann.
Mit dem Glauben, dass alles beim alten ist, ritt She Spider also voller Vorfreude gen Süden.
Auf ihrem braunen Islandpferd bestritt sie den Ausflug.
Die beiden waren ein eingespieltes Team und verstanden sich ohne große Worte.
Grindill, so hieß ihr Pferd, lief genau dorthin wo She Spider hinwollte und dies tat er ohne Führung.
Grindill bedeutet Sturm und genau so bewegten sich die beiden fort, wie ein Sturm.
So dauerte es nicht lange bis die beiden die Südküste Norwegens erreichten und im Hafen nach einer

Überfahrt in die Heimat suchen konnten.

Da She Spider eine begehrenswerte Frau war, stritten die Fährmänner sich förmlich darum sie übersetzen zu dürfen. She Spider war verlegen, sie wollte keinen der Fährmänner abweisen, doch dann sah sie einen alten Bekannten.
Gilde Bitch – leuchtete She Spider entgegen, ausgestrahlt vom Gebiss eines alten Mannes.
»Seid gegrüßt Herr, wäre es euch möglich mich nach Haithabu zu bringen?«, fragte sie.
Der alte Mann war hoch erfreut und antwortete:
»Natürlich, Püppchen. Bist du allein oder in Begleitung?« - »Nun mit mir kommt nur mein Pferd, wenn euch dies möglich ist.«, antwortete She Spider.
»Na sichy!«, rief der alte Mann.
Seit ihrem letzten zusammentreffen war viel passiert und so erzählten die beiden sich während der Überfahrt viele Geschichten.
»Ich segelte zum Rand der Welt, so nahe heran bin ich gefahren, dass ich in den Abgrund schauen konnte!«, sprach der Alte.
»Und als ich umdrehte, kam ein Wesen aus dem Wasser...« - »Welches Wesen?« - »Oh, meine Teure, dieses Wesen hätte jeden Mann zum Zittern gebracht. Ein großes Maul mit scharfen Zähnen und einem Geruch nach Fäule, sehr viel mehr war es nicht. Die Fischer und Seefahrer nennen es Seeteufel. Ich nenne es Helga!«, sprach der Alte.
»Helga? Wieso Helga?«, fragte She Spider neugierig.
»So hieß meine erste Frau. Die hatte auch ein riesiges Maul und einen Mundgeruch, den man im ganzen Haus roch!«
She Spider fing an zu lachen und die Reise ging weiter.

Vorbei an den Inseln Dänemarks segelten die drei und beobachteten die Robben an den…

Here I go again on my ooooown!!!!

Finnboy?

Going down the only road I ever knooooooow!!!!

FINNBOY? Hallo??

Mhm? Oh verdammt. Jetzt hast du mich erwischt.

Was soll das heißen, erwischt?
Bist du etwa schon seit längerem wieder vor Ort?

Ähm… nein. Ich… äh…

Du lässt mich also schon die ganze Zeit selber schreiben, obwohl du auch erzählen könntest, was dir auf der Flucht vor den Göttern geschah?

Ja, also weißt du. Ich würde ja weiterschreiben, aber… Ich will nicht.

Aber alle warten darauf!

Naja, die Geschichten von Cap und meiner Geliebten müssen doch auch einmal geschrieben werden und das kann keiner so gut wie du.

Jetzt versuchst du dich raus zu reden, indem du mir Honig ums Maul schmierst?

Ich… Äh… Man Hipster Viking sag doch auch mal was.

Wenn Fliegen hinter Fliegen fliegen, fliegen Fliegen hinter Fliegen her.

Du bist auch hier? Verdammt und zugenäht! Erbarmst du dich denn wenigstens uns von deinem Gefängnisaufenthalt zu berichten?

Hast du nicht gesehen was er gesagt hat? Er ist auf dem Weg ins Gewächshaus. Wahrscheinlich hat er den Voice Chat laufen gelassen.

Hallo meine lieben Zerschmetterlinge, habt ihr mir neue Weedsorten gebastelt?

Definitiv der Voice Chat.

Zerschmetterlinge? Was soll denn das sein?

**Hipster Viking hat die Schmetterlinge zu echten Killermaschinen ausgebildet.
Im Ernst, don't fuck with the Zerschmetterlinge. Die machen dich fertig.**

Ich glaube es ja nicht. Ihr habt Schmetterlinge dressiert? Warum?

Naja, sollte jemals jemand das Gewächshaus ausrauben wollen, sollen die Jungs dafür sorgen, dass diese Person den Raum nicht mehr lebend verlässt.

Ich halte euch für ziemlich…

*Der Papa baut sich jetzt ein schönes Tütchen und dann
dürft ihr zusammen mit mir auf Wolke sieben schweben.*

…gestört.

Du wolltest eine Geschichte erzählen, also los.

Mhm. Na gut.

Sie beobachteten die Robben, welche sich auf den
kleinen, aus dem Wasser ragenden Felsen sonnten.
Wenige Zeit später erreichten sie den Hafen von
Haithabu.
»So Mäuschen, wenn du zurückwillst, klopfe dreimal
gegen den Mast und ich komme so schnell wie
möglich.«, sprach der Alte.
»Wohin wollt ihr denn?«, fragte She Spider.
»Ey, wir sind in Haithabu. Ich kläre mir natürlich ein
paar junge Hüpfer für nächtliche Stunden!«, antwortete
der Alte und sprang fort.
Für sein geschätztes Alter war er ziemlich beweglich.

Haithabu.
Sofort wenn man in die Nähe des Hafens kam, roch
man all diese unbekannten Gerüche.
Hier gab es Kaufleute aus aller Welt. Ein buntes
Treiben zog sich durch die gesamte Stadt. Allerlei
verschiedene Gerichte, Gewürze und Kleider gab es an
den unzähligen Marktständen.
»Heimat!«, dachte She Spider, welche gleich hier im
Hafen zur Welt kam.

Ihre Familie war viel auf Reisen und von der einen
Reise zurückgekehrt, reichte die Zeit nicht mehr und
ihre Mutter brachte She Spider auf dem Deck eines der
Boote zur Welt.
»Salzkind!«, so wurde sie früher genannt, da ihre erste
Wäsche in der Ostsee stattfand.
»Mutter!«, rief sie zurück und lief ihrer Mutter in die
Arme.
Die beiden hatten sich seit vielen Monden nicht mehr
gesehen und so gingen sie gemeinsam über den Markt
und tranken zusammen einen Mocca.
»Wo hast du denn Grindill gelassen?«, fragte ihre
Mutter.
»Oh dem ist die Überfahrt nicht bekommen, ich denke
er genießt es, wieder Erde unter den Hufen zu haben
und rennt über die Hügel.«, und so war es. Grindill
freute sich, aber das allein war nicht der Grund für sein
verschwinden. Viele seiner Jugendfreunde lebten hier
auf den grünen Wiesen von Schleswig und diese
besuchte er.

Es wurde Abend und so begaben sich She Spider und
ihre Mutter in deren Haus.
Eines der größten Gehöfte weit und breit gehörte der
Familie, doch auf den Wiesen liefen nicht nur Pferde
herum. Allerlei Tiere teilten sich hier den Platz und
lebten friedlich nebeneinander. Wölfe neben Schafen,
 Bären neben Ziegen, Schlangen neben Mäusen und
 Adler neben Hasen. Es schien, als würde die natürliche
Nahrungskette hier keine Rolle spielen, alle halfen
einander und es kam zu keinerlei Streits.

Weißt du, ich verstehe dich nicht.

Was meinst du?

**Du glaubst mir nicht, dass es Bären gibt, die gefärbt
und auf LSD in den Bergen leben, aber du glaubst
an einen Ort, an dem Raubtiere und deren Futter
friedlich miteinander leben?**

Nun, so war es nun mal!

**Du glaubst auch an nen Gott, der seinen Sohn hat
kreuzigen lassen, oder?**

Möchtest du jetzt über meinen Glauben reden?

**Ewig brennende Büsche und Leute, die das Meer
teilen können. Haha.**

Hast du etwas gegen das Christentum?

**Nein, leider nicht. Hätte ich etwas, würde ich es
einsetzen.
Aber ich kann nicht abstreiten, dass es diesen Jesus
Kerl gab… Ich bin ihm schließlich mal begegnet.**

Du bist Jesus Christus begegnet?

**Klar, zusammen mit Hipster Viking. Das war die
Zeit in der wir Zeitreisen für uns entdeckten.**

Zeitreisen?

**Ja, aber das passt hier nicht rein.. die Story ist für
viiiiiiiiiiiiiiel später vorgesehen.**

Get up, stand up… da da dada da

Hipster Viking hat den Voice Chat noch immer an?

Scheint so…

…don't give up the fight.

Er hört also Bob Marley. Ich dachte, er ist eher der
Metal Typ?

**Der hört einfach alles… und du wirst es nicht
glauben, aber er hat Bob Marley das Rauchen und
Gitarre spielen beigebracht.**

War das auch eine eurer Zeitreisen?

**Na klar, so lang hätten wir ohne Zeitreisen doch gar
nicht überleben können.**

Dürfte ich fortfahren?

Klar.

Danke.
Jedenfalls herrschte Frieden auf dem Grundstück von
She Spider's Familie.
Da es schon spät war, bettete She Spider ihr Haupt und
genoss es, schlafen zu können ohne dass irgend ein
betrunkener Wikinger lautstark schnarchte.
Es war wohl der erholsamste Schlaf seit langem.
Doch er währte nicht lang…
Früh am Morgen klopfte es wie verrückt an der Tür.
She Spider und ihre Mutter trafen sich im Flur und

öffneten gemeinsam die Tür.
Keine Seele stand dort, nur ein kleiner Korb stand auf der Türschwelle.
Auf dem Korb lag ein kleiner Zettel mit der Aufschrift: Vorsicht Bissig!
Die beiden waren verwirrt, nahmen den Korb hoch und blickten unter die Überdecke.
In dem Korb befand sich ein kleines Tigerbaby.
»OOOOOOH!«, stöhnten die beiden.
Nun, es lag in der Natur der beiden sich um Tiere kümmern zu wollen und so nahmen sie den kleinen Diego und peppelten ihn auf.
Die nächsten Wochen nahm das kleine Tigerbaby vollkommen in Anspruch.
»Salzkind, ich habe keinen Platz mehr für Diego wenn er ausgewachsen ist.«, sprach ihre Mutter und die beiden grübelten was mit dem majestätischen Tier zu tun sein.

Nach langem hin und her musste She Spider ihre Heimat wieder verlassen.
Es war Zeit, nach all den Wochen würde die Hipster Cave sicherlich abgebrannt oder ähnliches ohne sie sein und etwas Sehnsucht nach Finnboy hatte sie auch.

Ihre Mutter stand im Hafen und winkte She Spider hinterher.
Diese winkte leicht zurück, musste sich allerdings konzentrieren, da sie Diego in dem anderen Arm hatte.

Sie hat nicht einmal nen Brief geschickt in dem so etwas stand wie: „Hey Schatz, ich komme zurück. PS: Habe einen Tiger bei mir, der wohnt jetzt bei uns. Tschüss!"

Nichts. Als ich ihr begegnete, war die Überraschung ziemlich groß.

Wohin sollte sie den Raben denn auch schicken? Du warst auf der Flucht und hättest einen Brief in der Hipster Cave eh nicht empfangen.

Die Geste allein hätte schon gereicht.

Du bist manchmal ziemlich-

Jooooooooooooooooo. Leute! Seit wann seid ihr denn im Chat?

Hipster Viking. Seit zwei Kapiteln hast du dich nicht mehr zu Wort gemeldet.
Jetzt kommst du wieder und fragst uns, seit wann wir unseren Job machen?

*Chill hart, Dicker. Warum bistn du so empfindlich?
Hatte halt zu tun.*

Du hast bekifft im Gewächshaus gelegen und mit deinen Schmetterlingen gesprochen.

*Nicht Schmetterlinge. ZERSCHMETTERLINGE!!!
Ich habe die Jungs trainiert und sie zu-*

Kampfmaschinen ausgeildet. Ich weiß.

Woah. Bist du so nen Wahrsagertyp?

Nein, ich habe ihm davon berichtet.

Ah. Das ergibt Sinn. Also wo wart ihr denn?

Wir sind durch mit der Geschichte.

Echt?

Echt?

Ja, da gibt es nicht mehr viel.
She Spider machte sich auf den Rückweg und nahm
Diego mit sich.
Was danach geschah, das kommt wieder im
Zusammenhang mit euch.

Diego?

Der Tiger!

Der heißt Diego?

Das weißt du doch, Junge.

Ich dachte der heißt Dieter.

Dieter?

*Ja man. Hab mir jedenfalls Dieter tätowieren lassen...
Und letztens war ich mit Dieter bowlen.*

Du warst mit einem Tiger bowlen?

Klar, er liebt Bowling. Bowling und Pilze.

Du hast dem Tiger Pilze gegeben??

Ja man, wir haben uns ne Doku angeguckt und dabei nen Haufen Pilze gefressen. War nen netter Abend.

Wenn She Spider das mitbekommt, bringt die dich um.

Ach Quatsch. Er ist erwachsen. Er darf selber wählen mit was er sich wegballert.

Bevor das ganze hier ausartet, möchte ich das Kapitel beenden.
Könntet ihr bitte auch aufhören zu schreiben?

Na sichy!!!

Aber nur, weil du bitte gesagt hast.

Ein Abschlusswort noch.
Liebe Leser,
Drogenkonsum, -verkauf und -züchtung sind nicht gut.
Bitte machen sie dies auf keinen Fall Zuhause nach.
Für alle genannten Aktivitäten können sie mit Freiheitsstrafen bestraft werden.
Außerdem ist der Konsum von Tabak, Alkohol und anderen Drogen nicht gesund und können für schwere körperliche Schäden sorgen.
Bleibt sauber!

Klugscheißer

Na, Bock auf ne Story ausm Knast?
So mit jedem Klischee das es gibt?
Seife und Schlägereien?
Wenn ja, dann… seid ihr hier falsch.

Seh ich das richtig? Du schreibst endlich weiter?

Ja man. Aber du wirst enttäuscht sein.
Keine Popoliebe.

War das eine Beleidigung?

Hast du es als eine aufgenommen?

Ja.

Ob es so ist, werden wir wohl nie erfahren.

Erzähl endlich.

Ja ja.
Also ich saß nun dort hinter Gittern.
Im Kerker Asgards saßen die härtesten Bastarde aller
Welten.

Und du!

Maul halten!
Die härtesten Bastarde aller Welten, inklusive mir.

*Ihr denkt sicher, dass die sich gegenseitig an die
Gurgel gegangen sind, sich tätowiert haben und es den
ganzen Tag darum ging, wer wen in der Nacht kuscheln
darf.*

*Dem war jedoch nicht so. Die meiste Zeit über spielten
wir Karten oder erzählten uns, woher wir kamen und
wohin wir gerne noch wollten, bevor wir hier drinnen
verrottet sind.*

*Viele bereuten ihre Taten, andere weinten um ihre
Familien, welche ganz allein waren.*

*Ich habe mir das auch anders vorgestellt, aber nun ja.
Nicht jedes Klischee stimmt.*

*Zusammen mit Borg und nem Typen, dessen Namen ich
nicht aussprechen, geschweige denn schreiben kann,
saß ich in der Zelle.*

*Dreimal am Tag gab es Essen und das war so ziemlich
auch das Highlight eines Tages.*

*Borg war früher Bärendresseur gewesen, bis Riesen
kamen und sein ganzes Dorf ausrotteten, danach
trieben ihn nur noch Hass und Wut und er initiierte
einen Anschlag auf einige Riesenfamilien.*

*Der andere, ich nannte ihn einfach nur `Dicker`, wurde
in eine reiche Familie geboren und genoss viele
Privilegien in seiner Stadt, bis zu dem Tag, an dem
sämtliche Besitztümer der Familie durch ein Feuer
zerstört wurden und allesamt auf der Straße landeten.*

*Um zu essen, fing er an zu klauen und ließ sich mit den
falschen Leuten ein. Diese versuchten den Bifröst zu
zerstören und naja, das fanden die Götter natürlich
nicht so lustig.*

*Ich dachte ja, ich würde mal Besuch von Thor oder
einem der anderen Götter bekommen, welche mich hier
reingebracht hatten, aber Fehlanzeige.*

Ich saß sicherlich schon zwei Wochen hier drin und

langsam gingen mir die Gesprächsthemen aus.
Doch dann eines Nachts stand ein Fremder vor der
Zelle.
»Vermisst ihr die Freiheit, Freunde?«, rief er in den
Kerker.
Da die Zellen mit viel Magie und anderen Tricks
gesichert waren, gab es keine Wachen, die in den
Gängen patrouillierten.
Die meisten antworteten mit: JA!
Nur wenige meinten, er solle seinen Mund halten und
verschwinden.
Die Jungs trauten dem Frieden überhaupt nicht.
»Wenn ich euch rauslasse, helft ihr mir dann, Asgard in
Flammen zu setzen?«, fragte der Mann.
»JAA!«, brüllten die Männer, noch lauter als zuvor.
»Nun denn.«, sprach der Vermummte und öffnete per
Schalter sämtliche Gatter.
Viele rannten sofort los, andere zögerten noch und
schauten sich um.
Dann packte alle der Mut und wir rannten dem Mann
hinterher.

Haben deine Eltern dir nicht beigebracht, dass man
nicht mit fremden Männern mitgeht?

Wäre ich doch mitgegangen.

Wie meinst du das? Du bist nicht mit?

Nein. Ich war einer dieser Skeptiker, die dem Frieden
nicht trauten.

Du hast geschlafen, oder?

*Jo. Aber im Nachhinein berichteten mir die ebenso dort
gebliebenen Gäste was geschah.*

Das ist wirklich traurig.

Haben die anderen es denn geschafft?

*Die meisten ja. Aber einige starben auch im Kampf um
Asgard. Nen ordentlicher Teil hat dennoch gebrannt.*

Und was tatest du, als du erfuhrst was geschah?

*Naja. Ich hatte jetzt die ganze Zelle für mich.
Und im Knast hatten wir nen Fernseher. Mit Pay TV.*

Im Gefängnis Fernseher mit Pay TV?

*Ja. Das war das Coole an Asgard. Die hatten so was
damals schon.
Die ersten zwei Wochen wusste ich nicht einmal, was
diese Kästen an den Wänden sein sollen und dann
berichtete einer der Mitgefangenen davon und plötzlich
schauten wir viel Fernsehn.*

Ich dachte, ihr hattet Langeweile und das Highlight der
Tage waren die Mahlzeiten.

*Ja dem war auch so.
Es liefen immer wieder schlecht gespielte Serien,
gespielt von immer den gleichen Göttern.
Nur in der Nacht kam interessantes Zeug.*

Und was war das?

*Nun ja. Sagen wir mal so… nachdem wir dies
entdeckten, war der Klopapierverbrauch um das
Zehnfache gestiegen.*

Du meinst… oh nein.
Ich will das nicht hören und ich will mir das vor Allem
nicht vorstellen.

Großes Gruppenwixen ja?

FINNBOY!!!

**Was denn? Das macht jeder Junge ab dem neunten
Lebensjahr. Ist ja wohl nicht so schlimm. Ist das für
dich ein Tabuthema?**

Ich möchte so etwas nicht in meinen Geschichten lesen.

Wein doch.

Finnboy, wo warst du denn eigentlich die ganze Zeit
über?

Gut vom Thema abgelenkt, du Fuchs.

**Ich?
Also der Anfang war ähnlich wie der von Hipster
Viking.
Ich rannte.
Immer weiter.
Nur wendete ich mich unserer Welt nicht ab.
Eigentlich rannte ich immer im Kreis. Die Götter
schienen jedoch kein großes Interesse an mir haben.**

Staatsfeind Nummer Eins war ja immerhin Hipster Viking.
Also lief ich und dachte, ich werde mich wieder in Richtung Hipster Cave begeben. Da würden die mich nie vermuten.

Das ist eine ziemlich gute Idee.

Ja. Nur fand ich den Weg nicht.
Also lief ich in der Hoffnung irgendetwas bekanntes zu erblicken und landete an einer Quelle. Über, neben und um diese Quelle herum befanden sich Wurzeln von Yggdrasil. Das erkannte ich sofort. Die waren massiv und hart wie Stein.
»Eine gute Stelle zum Übernachten!«, dachte ich mir und schlug ein Lager auf.
Nachdem ich damit fertig war, zog ich meine Kleidung aus und ging in der Quelle baden.
Ein eleganter Kopfsprung ward mein Einstieg, doch als ich auftauchte, merkte ich, dass das kein Wasser war in dem ich schwamm.
Es war Met!

Met? Ich will auch in Met baden. Wo war das?

Egal. Jedenfalls fing ich natürlich sofort an zu trinken.
So viel wie ging. Ich merkte, wie ich Schluck für Schluck betrunkener wurde.
Doch auch etwas Anderes geschah mit mir.
Ich empfing all diese Eindrücke und Ideen. Ich verstand plötzlich alles, erinnerte mich an jede Geschichte die ich je gehört, jedes Gespräch das ich je geführt und jedes Wort das ich je gelesen hatte.

Alles auf einmal, doch mein Hirn schien nicht annähernd überfordert.
Ich quoll über vor Wissen.
Nichts entging meinem Verstand.
Und dann war da diese Stimme.

Man sagt ja, die größten Genies sind geisteskrank.

Das dachte ich vorerst auch, ich schaute mich um und entdeckte niemanden.
Also verließ ich die Quelle, trocknete mich ab und warf mein Tuch über den nächstbesten Stein. Doch das fand dieser nicht lustig und schrie mich an:
»Nimm das Handtuch weg, du impertinenter Idiot!«
Ich erschrak natürlich. Und vorsichtig nahm ich das Handtuch vom Stein, aber es war kein Stein darunter, sondern eine Fratze. Ein Kopf. Ein riesiger Kopf.
»Heiliger Bimmbamm, was ist denn das für ein hässlicher Stein?«, sprach ich.
»Ich bin kein Stein, Junge! Mein Name ist Mimir und du befindest dich hier an MEINER Quelle!«
»Mimir? Mimir? Der Riese Mimir, der Odin ein Auge abverlangte und auf die magische Alleswisserquelle aufpasst?«, fragte ich.
»Genau dieser. Und nun verschwinde! Du verpestest nur die Quelle!«, antwortete er.
»Die Quelle, in der ich gerade baden war?!« - »Du warst was?«
»Na ich bin gerade eine Runde geschwommen und habe vielleicht den ein oder anderen Schluck zu mir genommen.«
Mimir schien entsetzt, aber im Ernst, man setzte seinen Kopf hier so ab, dass er die Quelle nicht

einmal überblicken konnte. Ziemlich fies von den
Göttern die ihn herbrachten.
»Du wagst es? Doch die Wirkung dieser Quelle
entfaltet sich nur bei würdigen Individuen.«, sprach
er.
»E = mc2«, antwortete ich.
»Das kann nicht sein, diese Formel soll ein Anderer
entdecken! Wie kann das sein? Wie kann ein solch
unbedeutendes Wesen auf all das Wissen meiner
Quelle zugreifen?«, er war schockiert und traurig
und ein wenig angepisst, wenn ihr mich fragt.

»Ist doch kein Problem Dicker! In 2354 Jahren wird
die Zeitreise erst erfunden werden. In unserer Zeit
gibt es keine Seele, die diese Formel annähernd
ergründen könnte. Außer ich natürlich. Und du.
Und vielleicht Odin.
Aber unter dem Rest der Bevölkerung gibt es nicht
allzu viele Einsteins.«
Mimir starrte mir mit offenem Mund entgegen.
»Also ich habe da soeben einige interessante
Theorien entwickelt, wollen wir darüber mal
talken?«, fragte ich ihn. Mimir immer noch entsetzt,
doch scheinbar ziemlich gelangweilt willigte ein und
so saßen wir mehrere Tage lang, tranken aus der
Quelle und unterhielten uns über Physik, Chemie,
Biologie und Mathematik.

*Warte mal, du hast nicht einmal versucht mich zu
finden?*

Es gab in dem Moment weitaus wichtigere Themen.

Wichtiger? Wichtiger als dein bester Freund? Deinen

treuen und mutigen Mitstreiter? Deiner Familie?

Also Familie ist schon etwas übertrieben.

Du kränkst mich!

Also ich finde das auch nicht gerade nett von dir,
Finnboy.
Ihr seid immerhin zusammen durch Feuer und Tod
gegangen.

So ist er halt.
Ich möchte ihn vorerst nicht mehr hören.

Möchtest du deine Geschichte weitererzählen?

Ja, das möchte ich!
Ich saß also als einer der Wenigen noch immer in
Asgards Kerker fest.
Doch noch vor der nächsten Nacht trat Thor an mich
heran.
»Hipster Viking, wie kommt es, dass ihr nicht geflohen
seid?«, fragte der Ase.
»Ach weißt du Thor, so schlecht ist es hier gar nicht.«,
antwortete ich ihm, mit dem Ziel ihn zu ärgern, doch er
grinste nur.
»Was würdet ihr dazu sagen, wieder nach Midgard zu
dürfen?«, fragte Blondie mich.
»Warum sollte ich das dürfen? Ich hab euer magisches
Horn gestohlen und dein Angeltau durchtrennt. Mir
steht doch mindestens zweimal lebenslänglich zu.«, er
war einfach nicht aus den Reserven zu locken.
»Nun, ich kann euch verzeihen, Sterblicher. Heimdall
kann das ebenso.«

*Ich traute dem Frieden nicht. Irgendwas wollte die
Schmalzlocke doch von mir.
»Was muss ich denn im Austausch tun?«, fragte ich ihn.
»Mir reicht das Versprechen, dass ihr euch ab sofort
aus unseren Angelegenheiten raushaltet!«, antwortete
der Hühne.
»Und?« - »Und?«, fragte er.
»Und was noch? Das Ding hat doch nen Haken! Wofür
braucht ihr mich wirklich?«
Und wie gedacht, hatten die Götter ein Anliegen.
»Hab ich den Braten doch gerochen!«, ich lachte
lauthals, denn die Aufgabe, die für mich auserwählt
war, war zum Schießen komisch.*

*Ich willigte natürlich ein und Thor begleitete mich zum
Bifröst.*

Was war denn die Aufgabe?

Sag ich nicht.

Aber die wird doch sicherlich relevant für die
Geschichte oder?

*Es war eine relevante, aber vielleicht nicht unbedingt
für diese Geschichte.*

Spoilern ist nicht cool!
Nun gut, erzähl weiter.

*Am Bifröst stand Heimdall und schaute grimmig.
Wirklich einverstanden mit der ganzen Nummer schien
er nicht zu sein doch: WAAAS WILL ER TUUUUN!?
Ich gab ihm zum Abschied einen Klapps auf den*

*Hintern und raste durch den Bifröst genau vor die
Hipster Cave.*

Also war es das mit dem Gefängnis und der ganzen
Diebstahl Angelegenheit?

Jo.

Wirklich?

*Ehrlich. Ich war daheim und quarzte mir erst einmal
ordentlich einen an.*

Ich habe mit einer großen Schlacht oder wenigstens
einem Höhepunkt in der Geschichte gerechnet, aber da
war ja nichts!

*Hey, ich bin auch nur ein Mensch! Nicht alles was mir
geschieht endet in einer Schlacht oder sonstigem.*

Schade.
Dann war es das wohl.
Bis zu einem anderen Mal.

Bye Bye, Blackbird!

Hallo?
Was ist mit meiner Geschichte?
Will denn niemand hören, was bei mir noch
geschah?

Hallo?

Oh. Finnboy, ich habe dich ganz vergessen.

Habe ich mitbekommen.
Also ich saß dort mit Mimir schon einige Tage…

Wurde das denn nicht irgendwann langweilig?

Niemals. Wir waren komplett auf einer Welle. Wir
konnten über alles reden und ich musste nicht alles
in Kleinkindsprache übersetzen weil irgendein Idiot
dabei war, der sonst nichts rallte….

Wen meinst du damit, du Klugscheißer?

Es gibt nur einen dummen Menschen, mit dem ich
meine Zeit verbrachte…

Wenn du denkst, du hast 'nen Dummen vor dir, bist du
an der richtigen Adresse!

**Siehst du, nicht einmal Zitate kannst du richtig
einbinden! Du hast dich gerade selbst beleidigt.**

*Habe ich nicht! Das ist nen Klassiker, du bist nur zu
doof um den Hintergrund zu verstehen.*

**Das ist aus: `Ein Krokodil und sein Nilpferd' einem der
legendären Bud Spencer und Terence Hill Filme.**

*Wäh Wäh Wäh.
Fühlst du dich jetzt klug?*

**Egal. Jedenfalls konnten wir philosophieren und die
Themen ansprechen, die uns in den Sinn kamen,
denn wir waren auf dem selben Stand.
Einmal am Tag besuchte uns Odin, der Göttervater
und gesellte sich zu uns.**

Und der hat dich nicht festgenommen?

**Nö, der war auch froh, Leute zu haben, mit denen er
auf einem intellektuell höheren Level reden konnte,
als er es von den anderen Asen gewöhnt war.**

Du willst also sagen, du hast mit Odin gesessen und
geredet?

Ja, über Gott und die Welt...

Ba dum tzz

Verstanden? Gott und die Welt!!

Egal. Jedenfalls waren wir drei dicke Freunde, ich besiegte Odin des Öfteren im Schach und zog beide in Scrabble ab.

Jetzt übertreibst du aber.

Das würde ich nicht wagen! Frag die beiden doch selber.

Ja natürlich. Ich ruf mal an und frage die beiden. So ein Schwachsinn.

Was heißt hier Schwachsinn? Ich geb' dir ihre Nummern, warte ich schick dir die Kontakte per Whatsapp.

Du meine Güte. Du hast die Nummern ja wirklich. Also seid ihr wirklich Freunde?

**Sag ich doch die ganze Zeit.
Jetzt lass mich weitersprechen.
Nun, es war Zeit für mich, wieder nach Hause zu gehen, als ich erfuhr, dass Hipster Viking freigelassen wurde.**

Du wusstest auch, dass ich gefangen war?

Was denkst du denn? Ich saß mit dem Obermacker

**Asgards zusammen und trank Met. Ich war bestens
informiert.**

*Das glaube ich ja nicht…
Ich kann es nicht fassen.
Ich bin raus für heute.
Du ********* brauchst gar nicht ankommen in
nächster Zeit.
***** dich du ********* ich ********* dein
******** und dann ***********.*

Das war vielleicht etwas hart, aber im Grunde hat er
recht, Finnboy.
Ziemlich blöde Nummer von dir.

**Ja. Naja…
Egal. Jedenfalls tat ich meinem Freund Mimir noch
den Gefallen und drehte seinen Kopf zur Quelle, auf
dass er sehen konnte, was dort geschah und machte
mich auf den Heimweg.
Ich kannte den Weg nun, da auch die Geografie
plötzlich Platz in meinem Hirn hatte, ein Fach
welchem ich nie so wirklich Herr war.
Ich befand mich gar nicht so weit ab von der
Hipster Cave und so brauchte ich nicht lang.
Unterwegs begegnete ich She Spider, welche aus den
Ferien bei ihren Eltern kam.**

Deswegen war bisher also keine Erwähnung von ihr.

**Jupp.
Nun, da wir uns schon lange Zeit nicht mehr…
unterhalten… hatten, verbrachten wir die ersten
drei Tage in der Hipster Cave nur damit uns …. zu**

unterhalten.

Ah ja.

Wir vergaßen sogar Hipster Viking, doch der verbrachte, wie wir später erfuhren, die ganze Zeit damit Schmetterlinge zu fangen und im Gewächshaus auszusetzen.

Warum denn das?

Er war auf nem super Trip und empfand die Farben so schön. Er wollte sämtliche Arten fangen und hier aussetzen. Zum Glück konnten wir ihm das ausreden.
Es war allerdings schön anzusehen, dass muss ich zugeben. Außerdem wurden diese dann ja zu den Zerschmetterlingen.
Ein wenig kitschig, aber doch schön und wie sich herausstellte, sorgten die Schmetterlinge für die Vermischung einiger unserer besten Pflanzen.
Das war dann der Tag, an dem wir anfingen profitable Abwürfe durch das Verkaufen von eben jene einzufahren.

Im Ernst? Jetzt auch noch Drogenhandel?
Hattet ihr denn keine Angst erwischt zu werden, bei all den illegalen Aktivitäten, die ihr so bestritten habt?

Nun, die damaligen Ordnungshüter waren nicht existent und wenn uns doch mal jemand dumm kam, schickten wir ihm einige nette Leute auf den Hals.

Also hattet ihr auch noch Beschäftigte, die andere
Leute bestachen und schlugen?

**Was heißt Beschäftigte... einige unserer Kunden
saßen ziemlich weit oben in der Nahrungskette und
die mochten es gar nicht, wenn jemand ihren
Konsum beeinflussen wollte.**

Oben in der Nahrungskette? Wie weit oben?

**Ich möchte keine Namen verraten * hust *
Heimdall   * hust*   Balder   * hust *.**

Ich glaube nicht, was ich hier höre.

Du hast ja auch nichts gehört. Klar?

Wie du meinst.

Jo. Das wäre dann meine Geschichte.

Wie jetzt? Auch bei dir keine Gefechte oder großen
Events?

**Manche Geschichten, mein Lieber, sind dafür da,
den Grundstein für weitere zu legen.**

Also anders gesagt, wolltet ihr die Leser und mich nur
neugierig machen auf weitere Geschichten?

**Ich würde es eher so formulieren...
Wir sorgen dafür, dass die Leute einen Grund haben
weiter zu lesen.
Was ist schöner als die Fantasie spielen zu lassen?**

**Viele werden sicher schon darüber nachdenken was
das alles beeinflussen kann.**

Vielleicht ist es ihnen aber auch egal und sie wollen,
dass ihr auf den Punkt kommt.

**Haha. Wahrscheinlich, aber das wäre ja nicht so
lustig.**

Ich halte euch für sadistische, egozentrische Männer
ohne Gewissen.

Jetzt übertreibst du aber.

Ja das stimmt. Ich dachte, ich könnte dir etwas
entlocken.

**Ne ne, so läuft das nicht.
Fleißig weiter lesen Leute.
Es lohnt sich.
Und es ist noch alles dabei…
Gewalt, Sex, Drogen, gewaltvoller Sex unter Drogen.
Sex mit gewaltigen Drogen.
Ähm. Ich schweife ab.**

Tschüss.

Hipster Viking – The Origin

Ein gewöhnlicher Tag in der Hipster Cave. She Spider sponn vor sich hin, Finnboy machte Experimente in seinem Labor und Hipster Viking saß im Gewächshaus und überlegte fieberhaft, welche Kombination von Grassorten ihm endlich Halluzinationen von nackten Walküren bringen würden. Das mit dem nackt bekam er zwar schon hin, aber nicht so gut. Zumindest hatte er nach dem letzten Trip drei Tage nicht mehr gekifft. Jedenfalls begaben sich nach einer Weile alle in die Küche zum Mittagsmahl. Wie gewöhnlich verzehrten Hipster Viking und Finnboy Unmengen gegrilltes Fleisch und spülten es mit ebenso viel Bier herunter, während She Spider ihren ernährungstechnisch vielfach wertvolleren Salat aß. Eine Weile der gefräßigen Stille verging, bis She Spider sich an Hister Viking wandte und ihn fragte: »Hipster Viking, woher kommt der Name eigentlich? Und was hat es mit diesem Cappi auf sich?«

Und hier übernehme ich. Hipster Viking verschluckte sich an seinen Rippchen und hustete. Der alte Gierschlund eben. Er rutschte etwas betreten auf seinem Stuhl herum, aber ich sagte: „Hipster Viking, sie hat ein Recht es zu erfahren. Und die Leser auch, wegen denen wir das hier gerade machen." Leise hörte man im Hintergrund die eh morsche vierte Wand bröckeln. Ich stand auf und löschte bis auf eine Kerze auf dem Tisch das Licht. Atmosphäre und so. Dann fing ich an zu

erzählen...

Die Geschichte, wie Hipster Viking das versoffene,
gefräßige Schwein wurde, das er ist, ist auch die, wie
ich an diesem Schwachkopf hängen geblieben bin.

Jedenfalls war es ein düsterer Tag in einem kalten
Winter im hohen Norden. Ich gönnte mir gerade
etwas Entspannung mit meinem Instant-Sauna-
irkenzweig, als dieser in Fellen gekleidete Kerl
vorbeikam. Also er war gut hundert Meter entfernt,
aber ich spürte meine Privatsphäre schrumpfen.
Darum wickelte ich mir mein Lieblings-Ikea-
andtuch um die Hüften, rollte mich nochmal im
Schnee und steckte meinen Birkenzweig in den
Gürtel. Der Kerl in den Fellen kam mir tatsächlich
entgegen. Dabei hasse ich doch Smalltalk. Jedenfalls
blieb er vor mir stehen und sprach: »Alter, was
geht? Frieren dir nicht die Eier?« - »Nein, weil ich
gerade am Saunen war, bis so ein bekackter
Wikinger mich dabei gestört hat.« - »Woah, chill
mal. Ich wollte dich eigentlich fragen, wo es hier was
zu futtern gibt.« Ah, die indirekte Frage nach
Gastfreundschaft. Ich überlegte kurz, ob Odin im
Havamal irgendwo geschrieben hatte, dass man
solche Typen wieder wegschicken darf, aber das war
wohl nicht der Fall. Vielleicht ist er ja auch
eigentlich ganz nett. »Hm, dann komm mit. Wollte
eh gerade was essen. Saunen macht mich immer
hungrig.« Ich drehte mich um und ging zu meiner
Hütte und der Kerl folgte mir. Na klasse,
Gesellschaft. In meiner Hütte räumte ich ein paar
Birkenzweige und Wodkaflaschen zur Seite und
tischte uns geräucherten Lachs auf. Schweigend

aßen wir beide ein paar, bis ich mich zu einer
Konversation durchringen konnte.

»Okay, was willst du eigentlich hier? Willst du eine
Runde saunen?«, fragte ich ihn und hatte schon
einen Zweig zur Hand. »Ne, lass mal, da steh ich
nicht so drauf.«, antwortete mein Gast. »Aber
eigentlich brauche ich deine Hilfe, Dicker.« Mein
Mundwinkel zuckte kurz. Der wollte nicht saunen,
soff mein Bier, fraß meinen Lachs und jetzt wollte er
auch noch meine Hilfe? Zu viel
zwischenmenschliche Interaktion für mich. Aber ich
hatte meinen sozialen Tag und konnte mich zu
einem kurzen Nicken durchringen. »Klasse man!«,
freute sich mein Gegenüber. »Also weißt du, ich hab
da von nem dicken Schatz gehört hier in der Gegend
und den will ich haben.« Das reichte mir. Ich sprang
auf, deutete zur Tür und sprach: »Genug. Raus mit
dir! Ich will damit nichts zu tun haben!« Mein
gerade-noch-Gast war überrascht. »Alter, was ist
los? Ich habe nicht gesagt, dass ich deine Frau will,
ich will nur den Schatz finden. Vielleicht kriegst du
sogar - « - »RAUS! Ich habe davon gehört und ich
kann dir sagen, dass es keinen Schatz gibt!« Ein
Moment der Stille. Der Kerl war – zugegeben
verständlicherweise – verwirrt und fragte mich nur:
»Hast du irgendein ernsthaftes Problem oder willst
du mich nur veräppeln?« - »Was?« - »Willst du
mich veräppeln?« - »Sag das nochmal!« - »Was
denn?« - »Das letzte Wort, das du gerade sagtest!«
Der Kerl geriet in immer größere Verwirrung, doch
dann sagte er langsam und betont: »Veräppeln?«
Ich nickte langsam, dann zog ich meine blau-weiße
Rüstung an, packte meine Axt, meinen besten

Birkenzweig, ein paar Räucherlachse und ein paar
Wodkaflaschen ein. Schild und Speer nahm ich in
die Hand, dann sah ich meinen endgültig verwirrten
Gast an und sprach: »Dann komm mit. Es gibt
einen Schatz zu bergen.« Der Kerl ließ sich dies
nicht zweimal sagen und stand auf. Er folgte mir
nach draußen und ich lief los Richtung Norden.
»Alter, was ist denn jetzt schon wieder los? Warum
hilfst du mir jetzt doch?« Ich blieb stehen und
drehte mich um. »Man nennt mich Finnboy. Warum
ist offensichtlich. Jedenfalls gaben mir die Götter
die Aufgabe, diesen Schatz vor Eindringlingen zu
behüten, bis er kommt.«

An dieser Stelle möchte ich erwähnen, dass später
Odin mir mal erzählte, dass er es totkomisch fand,
dass ich echt die ganze Zeit da im Schnee gehockt
und aufgepasst habe.

»Wer er?« - »Na du!« - »Ach so. Na klar, der Schatz
ist ja auch für mich.« Ich schüttelte den Kopf.
»Nein, es gibt eine Prophezeiung! Mir wurde gesagt,
dass eines Tages einer kommen würde, der hip
genug ist. So wie du dieses 'veräppeln'
ausgesprochen hast, musst du es sein. Darum helfe
ich dir, den Schatz zu finden.« Einen Moment
zweifelte ich, ob der Kerl echt der Erwählte sein
sollte, aber die Götter hatten ja bekannterweise
Humor. Einen beschissenen, aber immerhin Humor.
Ich führte den Kerl immer weiter Richtung Norden,
bis wir zu einem großen Felsen kamen, in dem eine
 steinerne Tür eingelassen war. »Und was jetzt?«,
fragte mein Gefährte. »Woher soll ich das wissen?
Die Götter sagten nur, ich soll dich hierherbringen.

Die Tür musst du öffnen.« Der Kerl überlegte nicht lange und griff die Tür, doch sie bewegte sich nicht. Er grunzte und schob, aber nichts zu machen. Als ich so etwa zehn Minuten mir das Ganze angesehen hatte, sagte ich so nebenbei: »Mach doch einfach mal was Hippes.« Er hörte auf mit seiner Schieberei, drehte sich zu mir um und fragte mich: »Ja und was? Soll ich mir vielleicht nen Chai Latte holen?« Bei diesen Worten schwang die Doppeltür knirschend auf. »Alter, es hat geklappt!« Wir waren beide überrascht, zögerten aber nicht, die Höhle zu betreten. Ein langer Gang führte uns tiefer in die Höhle, und ich entzündete meinen Birkenzweig, der aber nicht verbrannte. In den Wänden waren Nischen, und in jeder lag ein skelettierter Toter. Das gefiel uns irgendwie nicht, aber wir gingen weiter, furchtlose Wikinger und so.

Wir kamen jedenfalls an vielen Toten vorbei, bis wir in eine große Halle gelangten. Sie war beeindruckend groß, die Decke war kaum zu erkennen und auch die fernen Wände nur schwer ausmachbar. Ich hob den immer noch nicht verbrannten Birkenzweig und er leuchtete heller. Dann sahen wir es. Die gesamte Halle war mit Toten in voller Rüstung bedeckt. »Wie lange liegen die Typen hier schon?« - »Lange. Es heißt, seit Anbeginn der Zeit.« Ein Moment der Stille. »Und wo ist jetzt mein Schatz?« Ich deutete mit meinem Speer nach vorn auf ein Plateau. »Dort oben. Dort müssen wir hingelangen.« Mein Gefährte nickte langsam. »Alter, ich hoffe, hier gibt es keine Spinnen. Die mag ich nicht.« - »Ah ja, okay. Lass uns los.« Wir bahnten uns unseren Weg durch die vielen Gefallenen. Es war nicht auszumachen, welche Seiten hier gegeneinander gekämpft hatten, alle trugen die gleichen Rüstungen und Waffen. »Götter, schau dir diesen Crap an. Die Typen haben ja gar keinen Style gehabt!«, sprach der Kerl und es rumpelte leise in der Höhle. Er schaute mich an. »Hast du einen fahren lassen?« - »Nein. Du?« - »Ebenfalls negativ. Lass uns weiter.« Schneller schritten wir durch die Höhle bis zu dem Plateau. Mühsam erklimmten wir es und kamen schließlich oben an.

Dort stand ein großer, steinerner Sarkophag. »Alter, krass. Was ist das?« - »Das ist deine Bestimmung.« - »Ich soll hier abnippeln und mich in den Sarg legen? Ne danke, ohne mich.« Mein Gefährte wollte sich abwenden und gehen, aber ich hielt in fest. »Nein man, hier ist dein Schatz. In dem Sarg.« - »Ach so, na dann lass uns mal dick looten.« Wieder dieses Rumpeln. Mühsam schoben wir den Sargdeckel beiseite, auf dem ein seltsames Symbol eingraviert war. Sah irgendwie wie angebissenes Obst aus. In dem Sarg lag – fast überraschend – ein Toter. Doch kein Gewöhnlicher. »Oh man!«, rief mein Gefährte. »Sieh dir das an! Eine Holzfällertunika, die noch die den Wald gesehen hat,« - Rumpeln - »vegane Lederschuhe,« - stärkeres Rumpeln - »Röhrenbeinwickel, schlechte Tattoos und ein Starbucksbecher!« Es rumpelte sehr stark und anhaltend. Wir erstarrten und warteten. Als das Rumpeln vorbei war, wandte ich mich an meinen Gefährten und sprach ernst und feierlich: »Dies hier ist das Grab des ersten Hipsters. Die Götter sagten mir, dass jemand kommen würde, der

würdig und hip genug sei, sein Erbe anzutreten.
Nimm das Cappi.« Jetzt erst bemerkte mein
Gefährte das orange Cappi, das der Tote trug.
»Okay, wie du meinst.«, sprach er und zog den
Toten ab. Er setzte es sich auf und... nichts geschah.
»Du bist es. Das Cappi hat sich von dir aufsetzen
lassen. Ich habe mich nicht getäuscht. Wer du mal
warst, ist nicht wichtig, ab heute wird man dich nur
noch unter einem Namen kennen – HIPSTER
VIKING!« Dramatisch breitete ich die Arme aus
und rief die letzten Worte. Hätte ich mir vielleicht
klemmen sollen. Jetzt wurde das Rumpeln wirklich
laut und der ganze Mist ging los.

Die Toten erhoben sich. »Oh scheiße!«, riefen wir
aus einem Mund und griffen zu den Waffen. Die
Gefallenen fingen an, das Plateau zu erklimmen,
was uns immerhin einen geringen taktischen Vorteil
brachte. Schildwall zu zweit macht sich einfach
nicht so gut. Die ersten Toten kletterten über den
Rand und das Kämpfen ging los. »Was soll das,
Finnboy? Warum erheben sich die Toten? Haben
wir Ragnarök verpennt?«, rief Hipster Viking mir
zu, während er mit seiner Axt durch die Reihen
pflügte. »Nein, das ist wohl der beschissene Humor
der Götter! Würdig erweisen und so!«, antwortete
ich ihm und bohrte den Speer in einen Toten.
Schnell kamen wir zu der Erkenntnis, dass unsere
Waffen nicht sonderlich effektiv waren gegen die
bereits Gefallenen. Und es wurden immer mehr. Wir
hielten eine ganze Weile das Plateau, aber es war
kein Ausweg in Sicht. Uns musste etwas einfallen.
»Hipster Viking, deck mich!«, rief ich und er tat dies
sogleich. Nun konnte ich meine Notfall-

irkenzweige greifen und ich fing an zu wedeln. Es dampfte in der gesamten Höhle und die Toten fingen an zu schwitzen. Und wie. Sie spülten sich sozusagen selber den Abhang runter. Das gab uns etwas Zeit.

»Es tut mir leid, Hipster Viking, aber ich muss das tun.« Hipster Viking sah mich an. „Du bist zwar noch nicht lange mein Robin, aber es ist okay, wenn du dich opferst, Finnboy." - »Was? Nein, ich muss Alkohol missbrauchen!« - »NEIN! NIEMALS!« - »Doch, Hipster Viking, sonst werden wir sterben.« Hipster Viking hatte Tränen in den Augen, sah aber ein, dass das Opfer notwendig war. Ich steckte ein Stück Birkenzweig in meine Wodkaflasche, zündete diesen an und schleuderte ihn den Toten entgegen. »Beste Grüße von Molotow, Motherfuckers!«, rief ich als ich die Flasche warf. Und das hat geknallt. Ein Drittel bester finnischer Wodka, ein Drittel altes Waffenöl und ein Drittel Luft. Ein riesiger Feuerball breitete sich aus und dezimierte unsere Feinde enorm. Schnell mussten wir erkennen, dass es dennoch nicht reichen würde. »Finnboy, das war gut, aber nicht gut genug. Damit werden wir nicht fertig. Es sind zu viele.« Einen Moment hatten wir die Waffen gesenkt, schauten vom Plateau hinab. Viele der Toten hatten wir endgültig geschlagen, aber es waren einfach zu viele übrig. Ich wandte mich um zu Hipster Viking und sah ihm ins bärtige Gesicht. »Hipster Viking, die Götter blicken gerade auf uns. Gut, wahrscheinlich finden sie das gerade sehr komisch, aber wir werden hier nicht sterben! Beweise den Göttern, dass du dem Cappi des ersten Hipsters würdig bist und der hippeste Wikinger überhaupt bist!« Hipster Viking nickte grimmig, dann drehte er sich um und trat an den Rand des Plateaus. Er atmete kurz durch und hub dann an zu sprechen: »Okay ihr Luschen, wer will mit mir über Äppel reden?« Die Toten erstarrten in ihren Bewegungen. »Ihr haltet euch vielleicht für cool, wenn ihr mal nen Chai Latte trinkt, aber meiner, ja der ist mit Sojamilch!« Keiner der Toten rührte sich mehr, sie alle starrten Hipster Viking aus leeren Augenhöhlen an. »Und ich fand Amon Amarth schon geil, bevor sie Mainstream waren!« Ich konnte erkennen, dass das Cappi leicht anfing zu leuchten. Würde er es wirklich schaffen, hip genug zu sein?

Hipster Viking blickte kurz nach unten, atmete nochmal durch und hob dann Blick und Axt. »Und das hier, das ist Siri, die neueste iViking 7!« Dann geschah es. Die Halle explodierte in orangem Licht. Das Cappi war erwacht und strahlte wie die Sonne. Die Toten wurden von der Hippness einfach weggeweht wie Staub und ich hatte meine Mühe, mich auf den Füßen zu halten. Kurz darauf war es vorbei. Das Cappi sah wieder wie immer aus und nur mein brennender Birkenzweig erhellte die Halle. »Alter, es hat geklappt!«, freute sich Hipster Viking und hielt mir die Faust hin. Daraufhin gaben wir uns die erste Brofist ever, die die Halle erbeben ließ. »Geiler shit, wir leben noch!«, freute auch ich mich. „Na dann, Finnboy, lass uns raus hier, die Jungs sind nicht hip genug!", sagte Hipster Viking und sein Cappi blitzte kurz auf. Ich nickte und wir machten uns auf den Rückweg, der recht ruhig verlief. Die einzelnen Toten, die etwas hipper gewesen waren als der Rest und das Leuchtfeuer

daher knapp überstanden hatten, wurden entweder von einem Molotow oder von Siri erledigt.

Als wir das Ende des Ganges erreichten und wieder ins Tageslicht schritten, da wurde uns bewusst, dass wir noch viele Abenteuer zusammen bestehen würde. Darauf gabs erstmal nen Räucherlachs und nen Chai Latte. Natürlich mit Sojamilch.

Finnboy kippelte auf seinem Stuhl und ließ das Ende seiner Geschichte wirken. She Spider sah ihn ungläubig an. »Wie, das wars? Ihr habt euch im hohen Norden getroffen, einem Toten seine Mütze geklaut und hängt deshalb jetzt miteinander ab?«, fragte sie. Finnboy und Hipster Viking sahen sich kurz an und sagten dann nur: »Jepp.« - »Nicht zu glauben. Das Cappi des ersten Hipsters. Und was ist eigentlich mit dir, Finnboy?« Ich fiel fast von meinem Stuhl. »Woah, chill mal. Es gab gerade eine krasse Origin, da können wir jetzt nicht gleich die Nächste teasen! Außerdem bin ich der Sidekick, der ist einfach da.« Hipster Viking drehte seine Tüte zu Ende und sagte dann: »Aber, aber Finnboy. Jedem seine Origin. Aber die erzähl ich morgen. Nacht.« Er zündete seinen Joint an und zog kräftig. Wenig später schlief er ein und Finnboy und She Spider gingen auch zu Bett.

Tagebuch eines Schriftstellers

„Midgard ist abertausende Monde alt.
Viele Generationen haben es schon erforscht.
Tiere laufen seit Jahrtausenden über die Felder,
kriechen durch die Wälder, klettern an Bäumen und
suchen Schutz in Höhlen oder den riesigen
Baumwipfeln, welche die Luft erfrischen. Um Midgard
kreist ein riesiger Ball aus Stein und teilt sich den
Himmel mit Sternen und dem gelben Feuerball.
Durch einen stetigen Wechsel der beiden werden die
Meere bewegt.
Das dunkle Wasser reicht bis zum Ende der Welt und
doch schlägt es mit gewaltiger Macht gegen die Felsen
der Küsten.
Wolken schleichen über den Himmel und ab und an
schaffen sie machtvolle Donner und Blitze, geben
Wasser für die Felder und Wälder und allem was
kreucht.

In den Tiefen der Meere leben Fische und Wesen, die
älter sind als die Menschheit.
Im Himmel kreisen die Vögel und fliegen an jedes Ziel,
über jeden Horizont.
Im Wald reißen die Wölfe die Rehe, doch nur genug
zum Überleben.
Die Rehe grasen am Boden und teilen mit anderen
Tieren die Nüsse und Früchte, die von den Bäumen
fallen.
Das Eichhörnchen springt von Baum zu Baum und die
Schlagen kriechen in jedes, noch so kleines Loch.

Die Götter sorgen für Recht und Ordnung von einer
Stadt im Himmel.
Eine Stadt so groß wie halb Midgard fliegt dort hinter
den Sternen und wird von übermenschlichen Wesen
bewohnt.

Wir, die als letzte kamen, ermächtigen uns der Natur.
Wir rauben die Wälder aus, brennen die Felder nieder
und bauen Häuser.
Wir töten Wolf und Reh, doch reißen wir mehr als wir
brauchen.
Wir klettern auf die Berge, befahren die Gewässer mit
der Macht der Luft, ja man könnte sagen, wir spielen
mit den Elementen.
Wir tanzen bei Mondschein und arbeiten zur Sonne.
Immer weiter, immer schneller, immer mehr, nehmen
wir, doch was geben wir zurück?
Ruß, Asche, Kadaver.

Habt ihr das alles mal überdacht Leute? Midgard ist
wunderbar, wir sind das Problem.“

Alle schwiegen.

Es war schwer für Menschen zu begreifen, was
geschehen musste um so zu leben, wie sie es heute
taten.

Und dort lagen drei von ihnen auf einer Wiese, den
Blick gen Himmel und Begeistern in den Augen. Ein
kräftiger Mann, ein schmaler Mann und eine schöne
junge Dame.
Oft lagen sie dort und beobachteten die Natur und all

ihre Wunder. Nicht immer sprachen die drei, manchmal
lagen sie dort schweigend.

Hipster Viking, She-Spider und Finnboy, eben jenes
Trio, welches für allerhand Unruhe und Aufsehen
bekannt war lag einfach nur dort, friedlich.
Dort entspannten sie und planten, doch manchmal
beobachteten sie einfach nur.
Es waren die friedlichsten Momente ihrer Leben, nichts
konnte das toppen.
»Gut gesprochen.«, »Da hast du recht.«, sprachen
Finnboy und She Spider.

Ja, das waren schöne Momente.

Definitiv, die schönsten.

Wir sollten das mal wieder machen.

Bin dabei.

Ich auch.

<u>Tagebuch eines Schriftstellers.</u>

Liebes Tagesbuch,
heute war es endlich so weit, Hipster Viking und
Finnboy luden mich ein mit ihnen zu chillen. Wir
gingen in den Wald und legten uns auf eine Lichtung.
Die beiden waren so nett. Ab und an, liebes Tagebuch,

haben die beiden mich schon geärgert, aber ich kann
ihnen einfach nicht böse sein.
Sie kommen nun mal aus einer anderen Zeit, da ärgerte
man sich nun mal wenn man sich mochte.
Die beiden sehen soooo gut aus, sind charmant und
bringen mich jedes Mal zum Lächeln. Eigentlich wollte
ich ein neues Kapitel schreiben in dem sie zusammen
an diesem Ort liegen und über das Leben
philosophierten, doch dann fragte Finnboy, ob jemand
Lust habe mit ihm zu liegen.
Ich weiß, er hat eine Freundin, doch warum sollten wir
nicht zusammen chillen.
Hipster Viking hatte Gras dabei. Das war nicht meine
erste Erfahrung mit Cannabis, aber auf jeden Fall die
intensivste.
Es ergab alles Sinn und ich konnte so viel empfangen.
Später stellte sich heraus, dass Finnboy etwas von
seinem Met aus Mimirs Quelle über die Pilze goss, aus
Versehen natürlich.
Ich glaube, sie haben mich echt akzeptiert.
Nun, sie wissen es immer noch nicht, ich habe mich
verkleidet.
Ich glaube es ist noch nicht an der Zeit.

D.

Wow, das ist ja traurig.

Was? Was macht dieser Text hier drin. Ich meine, was
ist das für ein Text?

Haha, da hat jemand sein Tagebuch in die falsche

Datei geschrieben.

Was... Ich... Nein, das muss meine Neffin oder meine Schwester gewesen sein.

Die waren aber heute gar nicht dabei und wüssten was vom Met aus Mimirs Quelle.

Genau.

Jungs. Glaubt mir, das war ich nicht.

Ja ja.

Und der Papst ist evangelisch.

Hey warum schreibst du so weibliche Sachen wie „Die sehen soooo süß aus...“?

Ich… das ist doch nicht weiblich.

Klar. Nenn Mann hätte geschrieben: „Die sind soooooooo heftig!“

Ich… Äh...

Jetzt steh schon dazu, Junge!

Aber das… das… was…

Wir warten.

Okay. Ich gebe es zu, das ist mein Tagebuch. Aber das ist alles nicht die Endfassung, ich meine, also... oh man.

Alter, keine Angst, wir haben kein Problem mit Schwulen!

Ja man. Aber sag es uns, damit wir wissen was abgeht.

Ich… Nein. Ich bin nicht schwul.

Hey, vielleicht wusstest du es bisher nur nicht oder wolltest es nicht zugeben, aber das ist doch schon ziemlich sicher.

Nein… Ich... Ich...
Ich bin nicht der, für den ihr mich haltet.

Und wer dann? Sag bitte nicht einer dieser Typen, die uns immer mit Fanpost und Dick-Pics belästigen.

Nein… ich bin... ich bin...

JETZT SAG ES SCHON, MENSCHENSKINDER!

Ich bin kein Kerl. Ich bin eine Frau.

Häääää?

Hahaha. Der war gut, nein du hast mit uns abgehangen. Du hast nen Bart!

Der ist angehangen.

Häääää?

**Aber du hast, wie wir, im Stehen ins Gebüsch
gepinkelt.**

Das war nur nen Trichter.

Häääää?

**Okay, okay… also du willst mir sagen, du bist ne
Frau?
Wie ist dein Name?**

D.

D?

Ja, D. Das reicht, mehr musst du nicht wissen.

**Okay, wenn du eine Frau bist, wer von uns beiden
ist hübscher... Ich oder Hipster Viking.**

Nun, wenn ich mich entscheiden muss, dann sage ich
Hipster Viking.

Du hast vollkommen recht!!!

Warte, warte… Bist du dir da sicher?

Ich sollte mich entscheiden.

Okay, so fies zu mir kann echt nur ne Frau sein :(

Aber das heißt, du bist ne Frau…

Aber wie hast du das mit der Stimme gemacht?

Stimme? Wir haben uns nur per SMS unterhalten, weil
unsere Zungen betäubt waren vom Haze.

Da hat er, ich meine sie, recht.

Jungs, seid nicht böse. Ich mag euch echt.
Ich meine, ich weiß wirklich alles über euch.

Stalkeralarm!!!

**Scheiße man.
Das muss ich erst einmal verarbeiten.**

*Wenn du ne Frau bist, schick mir nen Foto von Dir!
Wenn du n Kerl bist, lass es sein.*

Und? Hast du nen Bild bekommen?

Das bist niemals du!!!

Nen Fake?

*Nie im Leben siehst du so aus... dann hättest du gar
nicht die Zeit über uns zu schreiben!*

Das bin ich. Möchtest du nen Videochat?

Mhm. Was hast du gerade an?

Was bitte?

Ich meine... okay, machen wir das.

Zehn   Minuten   später

Was zu Odins Bart ist denn nun?
Ist er eine Sie oder sie ein Er?

Alter. Sie ist echt.

Echt, echt?

Sowas von, Dicker!!!

Schick mal rüber.

NIEMALS!

Doch man!
Diese roten Haare, die langen Beine, der schöne
Körper…

Nein, nein. Das muss eine Täuschung sein.
Irgend so ein „Sexy Snap Chat Filter".

Ich schwöre, sie ist es.
Ich glaube, ich habe mich verliebt.

Du… Das… Wow.
Wir sollten uns noch einmal mit ihr treffen und das
live begutachten.

Oh ja.

Ihr seid echt süß, ihr beiden.

Was? Ich meine… du liest mit? Also…

Hihi. Lasst uns in dreißig Minuten an der alten Eiche
treffen.

Okay…

<u>Hipster Viking Diary</u>

WAAAAAAS WAR DA LOS??
War nen entspannter Morgen und dann auch Tag.
Wir sind mit dem Schreibertypen losgezogen und haben
uns die Birne voll geballert, doch dann stellt sich
heraus, dass der Typ gar kein Typ sondern ne geile Olle
ist!!!
Ich schwöre, ich habe mich auf Anhieb verliebt.

Kreuzung zwischen Morphium und Purple Haze ergab:
-Lähmung der Zunge
-leichtes Prickeln an den Füßen
-klare Gedanken
-Hunger nach Pilzen

Anmerkung: Nach Einnahme von Pilzen optimale Entwirkung.

Soll ich die Kleine mal nach einem Date fragen?

War heute super hip.
Hipster-Fist-mit-Explosionen
Bam

Finnboy's Tag

Jo. Nicht viel los. War nicht betrunken.
Der Schreiber ist jetzt die Schreiberin. Nennt sich D.
Neues Haze knallt übelst krass.
Habe Met über die Pilze vergossen, super Wirkung.
Habe zwei Mal sauniert. Guter Finnboy.

War heute super finnisch.
Bitchslap.
Bam

Jungs? Ähm… Ich glaube das gehört hier nicht her.

Was? Scheiße. Ähm also ich kann das erklären.

Nun denn…

Also, ich meine, du bist ganz cool. Also wir könnten mal abhängen.

Ich kann dir meine Axtsammlung… also wenn du, nur wenn du willst.

Fragst du nach einem Date?

Ich? Nein, also nicht so, schon ein wenig, aber nein...

Wir können uns gerne zu dritt treffen, Hipster Viking.

Wir drei… also ja, super. Ja.

Ich war echt noch nicht betrunken heute.

Dann lass uns das ändern.

Von mir aus, sofort.

Roger.

<u>Tagebuch eines Schriftstellers</u>

PS: Haben uns noch zweimal getroffen heute. Die beiden wissen es jetzt.
Sie nahmen es gut auf, ich denke Hipster Viking steht etwas auf mich.
Finnboy ist sehr zurückhaltend seitdem er es weiß.
Ich denke das alles wird neue Wege ebnen mit den beiden öfter abzuhängen.

<u>Hipster Viking Diary</u>

SABBER. SCHMATZ.
WICHTIG!!!
Weg finden der Schreiberin näher zu kommen.
Vielleicht mehr Philosophie?
Fitnessstudio?
Aufräumen?
Tu es!

<u>Finnboy's Tag</u>

Habe doch noch gesoffen.
Der dicke Sack steht auf die Nerdtante.
Cool

Bumsen bis zur Unsterblichkeit

Wer hat sich denn diesen Titel ausgedacht?

Wir haben demokratisch darüber abgestimmt.

Genau. Wir hatten die absolute Mehrheit von 100% der Wähler.

Ich wurde überhaupt nicht gefragt.

Selbst mit zwei Stimmen gegen eine haben wir die absolute Mehrheit.

Es bringt ja eh nichts mit euch zu streiten.

Gut erkannt. Also wo fangen wir an, Finnboy?

Wo wir aufgewacht sind und ich dachte, du wärst meine Freundin?

Nein, bitte nicht... später.

Als wir beim Pinkeln die Strahlen gekreuzt haben?

Das ist nie passiert… wie wäre es mit-

Als wir zusammen nackt gesaunt haben?

Auf keinen Fall!!!

Stehst du denn zu nichts, was wir den Tag über so

treiben? Das Nacktsaunen hat Tradition, auch
darüber sollten wir mal reden. Außerdem ist es
verdammt finnisch und unterstreicht meine
Herkunft!

Wie wäre es mit unserem Mittagsbier?

Das Bier, das wir uns geteilt haben? Aus derselben
Flasche?

*Du willst uns echt wie ein paar Idioten darstellen, kann
das sein?*

Nein, Ich habe meine #nohomo Unterwäsche heute
Morgen angezogen!

*Das wäre ja mal was ganz Neues, dass du Unterwäsche
trägst.*

Egal. Jedenfalls saßen wir gerade und leerten
gemeinsam eine Flasche Bier.
Es war ein gutes Bier. Aber das sollte sich verstehen.
Plötzlich verkrampfte Hipster Viking und fiel zu Boden.
Sein Cappi fing an zu zucken und sein Leuchten wurde immer
schwächer.

Es war Zeit für eine gesunde Portion Äppel.

Da unser Äppelbaum vor wenigen Wochen von ein
paar idiotischen Göttern zerstört wurde, indem die
meinten, sich in unseren Vorgarten bifrösten zu
lassen, mixte ich einen schnellen Chai-Latte um
Hipster Viking vorübergehend zu helfen.
Dieser wirkte jedoch nur bedingt. Es war an der

Zeit für uns Äppel suchen zu gehen.

*Ohne Mist, so ein Äppelentzug ist ne harte Sache. Da
sitzt das Cappi nicht mehr so gut und die alten Alben
von Amon Amarth klingen einfach scheiße.
Aber zum Glück wusste Finnboy von meinen
Bedürfnissen.
Er schrieb hektisch einen Brief für She Spider um ihr
Bescheid zu geben warum wir und der Tiger fehlten.
Finnboy band mich auf den Rücken von Diego und wir
machten uns auf den Weg.
»So, Dicker, was sagt dein Äppelsense?«, fragte
Finnboy mich.
Ich zeigte mit einem Finger in eine Richtung. Ich meine irgendwo
wächst doch immer so n scheiß Äppelbaum.
Sofort rannte er los und Diego folgte ihm.*

**Treuer Gefährte wie ich bin, folgte ich der Richtung
die er mir wies.
Also im Ernst, ich folgte ihr strikt.
Ein dutzend Bäume fällte ich mit meiner Motoraxt
Marke Husqvarna und vielleicht auch die ein oder
andere Scheune. (Memo an mich selbst:
Entschuldigung an Björn schreiben)
Hinter den Wäldern erstreckte sich ein Gebirge vor
uns.
Ohne zu zögern, nahm ich Anlauf und lief geradezu
drüber hinweg.
Dabei habe ich vielleicht den ein oder anderen
Gipfelgötzen mitgenommen.**

*Und dann bist du durch einen Adlerhort gerannt. Ein
ADLERHORT! Erzähl davon ruhig auch…*

**Egal. Jedenfalls waren die Adler not amused. Diego
hat's gefallen.
Um die Berge herab zu kommen, nahmen wir die
Reste des Adlerhorsts und bauten einen
provisorischen Schlitten. Natürlich fuhren wir noch
immer in die jene Richtung, welche Hipster Viking
uns vorgab.
Im Tal des Gebirges herrschte ewige Kälte. Damit
wir nicht erfroren, nahm ich einen meiner
Birkenzweige und brachte uns ein wenig zum
Schwitzen. Dabei sind leider auch drei Gletscher
geschmolzen. Shit happens.**

Wie weit wärst du eigentlich gelaufen?

*Nun, mein treuer Freund wäre über sämtliche
Entfernungen gelaufen um mir zu helfen.*

Bis ich den erstbesten Äppelbaum gefunden hätte.

Und wie hast du entschieden welcher der erstbeste ist?

***Na der erste verdammte Baum, der nen Äppel trägt
halt.***

Ich verstehe. Erzähl weiter.

**Egal. Jedenfalls erreichten wir das Meer.
Diego ist eine Katze und daher sehr wasserscheu,
aber mit der richtigen Motivation bekommst du
jeden dazu, das zu tun was du verlangst.**

Und das war?

Fleisch.

Hätte man sich denken können.

**Egal. Jedenfalls fingen wir an zu schwimmen.
Es war verdammt kalt. So drei Zentimeter kalt.
Und dann kam dieser dichte Nebel.
Ich erkannte absolut nichts mehr und Hipster
Vikings Cappi war auch keine Hilfe.
Doch plötzlich stieß ich mit dem Schädel gegen
etwas Hartes.
Einer Insel! Mit so steilen Klippen, dass es
unmöglich erschien diese zu erklimmen.**

*Das war doch der Moment, in dem du das Bouldern
erfandest, oder?*

**Genau.
Ich kletterte die Wand trotzdem hoch.
Irgendwer beobachtete mich und fand es wohl cool,
ungesichert an Wänden zu klettern. Eigentlich
dämlich, aber es wurde nen echter Trend.
Oben angekommen warf ich Diego ein Seil herunter
und zog ihn hoch.**

Einen Tiger samt Hipster Viking?

**Naja, erst den Tiger und dann mühte ich mich mit
Hipster Viking ab.
Oben angekommen fragte ich Hipster Viking ob wir
schon nähergekommen sind und plötzlich zeigte sein
Finger in die entgegengesetzte Richtung.
»Ist das dein scheiß Ernst?«, brüllte ich ihn an, doch
dann kreiste sein Finger umher.**

**So etwa wie eine Kompassnadel am Nordpol.
Aufgrund dieses Ereignisses benannten wir diesen
Ort später: Äppelpol.**

Der Äppelpol.
*Sofort bezog ich Kraft aus diesem Ort. Ich war mir
nicht ganz bewusst wie das kam, aber es war geil.
Alles stellte sich bei mir auf. Ich meine alles.
Teilweise lag dies an den Äppeln und teilweise an der
hübschen Blondine, die dort im Hintergrund stand.
Finnboy wollte mich gerade etwas fragen, da lief ich
der Dame entgegen.*
*»Seid gegrüßt schöne Dame, seid ihr allein in diesem
Hain?«, fragte ich sie.*
Etwas argwöhnisch schaute sie mich an.
*»Dies ist mein Hain, natürlich bin ich hier allein.«,
antwortete sie.*

»Sagt, warum liegt dort Stroh?«
»Warum tragt ihr ein Cappi?«
»Na dann-«

NEIN!!! So ist das definitiv nicht passiert.

*Ach komm schon, das macht die Geschichte viel
glaubhafter.*

Auf keinen Fall!

Okay…
*Also ich musste der Dame ziemlich viel Honig ums
Maul schmieren, bevor sie mir ihren Namen verriet.*
»Iduna.«, sprach sie.

Das ist ja alles schön und gut. Aber was bei Thors haarigen Eiern hast du der Blondine eigentlich erzählt, auf dass sie sofort mit dir ins nächstbeste Gebüsch verschwand?

Betriebsgeheimnis.

**Wohl eher Triebsgeheimnis!
Egal. Jedenfalls brauchten wir immer noch Äppel.
Was tat ich also als treuer Sidekick?
Während Hipster Viking beschäftigt war, sammelte ich so viele Äppel wie nur möglich.
Nach etwa dreißig Sekunden warf ich ihm einen der Äppel zu, auf dass er die Dame auch gut versorgen konnte.**

Etwa zwei Minuten später…

Zwei Minuten? Du meinst wohl eher zwei Stunden…

Ziemlich genau zwei Minuten, ich habe es gestoppt.

Deine Uhr muss nen Wackelkontakt gehabt haben.

Es war ne Sonnenuhr.

Dann hatte die Sonne eben nen Wackler.

**Egal. Jedenfalls hatte ich die Äppel, Hipster Viking und Iduna ihren Spaß und so entschieden wir uns, zum Abschied noch einen Ragnar zu rauchen.
Da wir jedoch kein Drehzeug bei uns hatten, baute Hipster Viking aus einem der Äppel eine**

provisorische Bong.

Wartet mal eben, die Iduna?
Die goldenen Äpfel, welche die Götter jung hielten?
Meint ihr etwa diese Iduna?

Ja, naja, das wussten wir zu diesem Zeitpunkt ja nicht.
Scheinbar hat die Gute den Stoff nicht so wirklich vertragen.
Sie verlor komplett die Erinnerung.

Das kann schon mal vorkommen.
Allerdings ist ein solcher Totalausfall echt selten, versprochen.

Wow. Also seid ihr beide indirekt dafür verantwortlich, dass die Götter sterben!

Ach, Kleine. Das kann man so oder so sehen.

Genau, wir haben Iduna nicht gezwungen. Also ist sie selber schuld.

Oh man. Na erzählt mal weiter.

Wir machten uns auf den Heimweg. Ich bemerkte erst jetzt, was für Torturen Finnboy auf sich nahm um mich zu retten.
BROFIST!

BROFIST!

An der Eingangstür zur Hipster Cave hing ein Post-It

mit der Aufschrift: „Denk an deine Aufgabe!"
unterschrieben mit „ T. ".
In der Cave wartete She Spider.
Wie sich rausgestellt hat, hatte Finnboy nur ein paar
komische Zeichen gekritzelt, die kein Mensch hätte
entschlüsseln können. Sie war pissed off.
Den ganzen Abend mussten wir uns ihr Gebrüll
anhören. Sogar Diego wurde zusammengefaltet.
Finnboy erklärte ihr, dass es sich um einen Notfall
handelte und er schnell handeln musste.
Nach vielen ruhigen Worten beruhigte sich She Spider
und hörte auf zu brüllen.
Finnboy und ich griffen in den Sack und zogen uns eine
Frucht heraus.
Ich griff einen der Äppel, doch Finnboy hielt plötzlich
eine Birne in der Hand.
»Mhm. Ich mag Birnen eh mehr!«, sprach er und biss
hinein.
Auf einen gemütlichen Joint hockten wir uns vor den
Eingang und dort ließ Finnboy seinen Griebsch liegen.
Aus diesem wuchs wenige Zeit später ein
majestätischer Birnenbaum.
Verdammt lecker diese Früchte.
Ich pflanzte meinen Griebsch in das Gewächshaus und
zog einen halb Äppel-, halb Weedbaum groß. Das Zeug
ist legendär. Aber nicht für den Verkauf gedacht.

Wie? Das wars?
Ihr habt noch gar keinen Plottwist für das nächste
Kapitel geschrieben.

Klar habe ich das.
Das Post-It!

Und was soll uns das sagen?

Dass ihr weiter lesen sollt?

Jo.

Also gut. Dann liebe Leser, erwartet uns in der nächsten
Geschichte wohl die Enthüllung der Bedeutung eines
dummen Post-It.

Hey, das war sogar rosa!

Und in wie fern soll das besser sein?

Ihr Frauen steht doch auf sowas.
Wo wir gerade dabei sind, hast du vielleicht Lust auf
einen abendlichen Spaziergang am Strand?

Glaubst du echt, dass jede Frau auf so etwas steht?
Spaziergänge und die Farbe rosa?

Wir können auch einen Ausritt am Strand machen.

Bin dabei.

Yeah!

Warum immer drei?

Langsam neigte sich das Jahr dem Ende zu.
Die Blätter fielen von den Bäumen und die Kälte kam
über die Gebirge gekrochen.
Nur noch wenige wandern dieser Tage umher.
Doch einer lief die Küsten der Ostsee entlang, immer in
Richtung Osten.
Sein Ziel war Jumne, eine Stadt die bekannt war als
Heimatstadt der berüchtigten Jomswikinger.
Der Wind zerrte an seinem Umhang und der Regen
peitschte ihm ins Gesicht.
Doch der Wanderer schritt immer weiter, unbeirrt zum
Heim dieser eingeschworenen Bruderschaft.
Der einsame Wanderer erreichte die Pforte der Burg in
der Abenddämmerung.
Er hob seine kräftige, ja geradezu Mächtige Hand und
klopfte dreimal.
Auf der Mauer über ihm erschien eine Gestalt und rief:
»Wir kaufen nichts!«
Der Wanderer erhob seine kräftige, ja geradezu
Mächtige Stimme und rief:

»Wärme wünscht, der vom Wege kommt
Mit erkaltetem Knie;
Mit Kost und Kleidern erquicke den Wandrer,
Der über Felsen fuhr.«

Schweigend wendete sich die Gestalt und die Pforte
öffnete sich.
Doch gleich hinter ihr stand ein kräftiger, wenn auch

nicht so mächtiger Mann.
Langes blondes Haar schmückte seinen Kopf und ging
in seinen Bart über.
»Ein Mann, der die Worte der Götter kennt, ist hier
immer willkommen.«, sprach dieser.
»Wie ist euer Name?«
Der Wanderer hob den Kopf und sprach: »Man nennt
mich Captain Hammer!«

*Schon wieder ne Geschichte von Cap? Ist das unser
Buch oder seins?*

Die Geschichten von ihm sind wichtig für den Plot.

*Scheiß auf den Plot. Der soll sein eigenes Buch
schreiben.
Soll ich dir mal was cooles erzählen?*

Vielleicht später, ich würde gerne fortfahren.

Als ich heute Morgen aufgewacht bin…

Hipster Viking? Bitte!

…hatte ich einen Stehpuller.

Das will keiner wissen. Ich mach jetzt weiter.

Aber…

Die Jomsens, so nannte Captain Hammer die
Jomswikinger, luden ihn zu Speis und Trank ein, gaben
ihm ein warmes Bett und trockene Kleider.

»Nun Captain Hammer, was treibt euch in dieser
Jahreszeit zu Wanderungen in unseren Landen?«, fragte
Erik, der Anführer dieser Bruderschaft.
»Nun meine Freunde-«, hob Captain Hammer an: »-ich
suche nach den tapfersten Kriegern aller Lande. So
trieben mich die Geschichten in eure Halle.«
Die Männer schwiegen und starrten in sein Gesicht.
»Nun, Freund, warum sollten wir dir helfen?«, fragte
Erik.
»Die Nornen weissagten mir die Namen meiner Feinde,
welche einen Feind für jeden tapferen Mann
darstellen.«, gespannt lauschte der Jarl.
»Nun erfuhr ich, dass eben jene Feinde ein Heer
aufstellen, um sich für den Kampf gegen unsere Reiche
vorzubereiten. Ich suche nach Verbündeten, die sich
gemeinsam mit mir gegen diese Monster stellen, um
ihren Machenschaften Einhalt zu gebieten.«
Erik fuhr sich mit der Hand durch den Bart und dachte
darüber nach.
Nach einigen Minuten des Schweigens antwortete Jarl
Erik: »Bei einer derartigen Schlacht dürfen die
Jomswikinger nicht fehlen. Doch müsst ihr zuerst
beweisen, dass ihr ein würdiger Heerführer seid.«
»Ich werde mich jeder Probe stellen!«, antwortete
Captain Hammer.
»Gebt mir Zeit bis morgen und ich nenne euch die erste
eurer Aufgaben.«
»So soll es sein!«, sprach Captain Hammer und bettete
sein Haupt zur Ruhe.

**Warum hat Cap dem Jarl nicht einfach eins
übergezogen und ist selbst der Boss geworden?**

Müsst ihr wirklich alles kritisieren, was ich schreibe?

Ja. Ich meine, das wäre der einfachste Weg.

Captain Hammer ist ein ehrenwerter Mann.

UND WAS SIND WIR???

Ihr seid eher praktisch veranlagt.

Das stimmt.

Als die Jomswikinger am nächsten Morgen erwachten,
saß Captain Hammer bereits an der Tafel mit mehreren
Kannen voll Kaffee.
Neben jedem der Frühstücksteller stand eine Schale mit
Rührei.
Des Captains Rührei war das Schmackhafteste
überhaupt, denn er war ein Fachmann der Küche.
Gesättigt und munter sprach Erik danach: »Nun,
kommen wir zur ersten Aufgabe.«
Alle waren gespannt, was der Jarl sich für Captain
Hammer hat einfallen lassen.
»Im Innenhof unserer Burg liegt ein Findling. Unter
diesem Findling befindet sich eine alte Fibel. Um die
erste Aufgabe zu lösen, musst du mir jene bringen.«,
sprach er und sofort erhob sich Captain Hammer.
Im Hof angekommen stellten sich sämtliche Jomsen in
einem Kreis auf und schauten gespannt zu.
Captain Hammer begutachtete den Stein kritisch,
ebenfalls ein Fachmann der Geologie.
»Was will er tun?«, fragten sich die Krieger.

Speichern nicht vergessen.

Er zog seinen großen Hammer vom Rücken und holte
aus.

Ich weiß, was jetzt passiert! Die werden gegrillt!

Nein, werden sie nicht.

Aber das passiert immer!

Er hat nicht Bertha gerufen.

Wie jetzt? Das Ding ist passwortgeschützt?

Nein, natürlich ist es durch Magie geschützt.

Ist doch das Gleiche.

Nun, Captain Hammer holte zum Schlag aus und die
Jomsen guckten nicht schlecht, als der Hammer auf den
Stein prallte und dieser davon geschleudert wurde.

Später wurde das bekannt als Golf.

Genau.
Der Stein war fort und darunter lag besagte Fibel.
Captain Hammer hob sie auf und reichte sie Erik.
Dieser war erschrocken vor der Gewalt, die aus den
Armen dieser einzelnen Person auszugehen schienen.
Jarl Erik sprach: »Diese Aufgabe habt ihr mit Bravour
gelöst. Die nächsten Aufgaben werden jedoch nicht so
einfach!«
»Zögere nicht und sage mir, was die zweite Aufgabe
ist!«, sprach Captain Hammer.
»Die nächste Aufgabe erhaltet ihr morgen, Captain.

Heute feiern wir!«
Und was das für eine Feier war.
Es gab Met in großen Mengen, Leute die auf den
Tischen tanzten und viele versaute Lieder wurden
gegröhlt.
Am Abend erzählte Erik Captain Hammer, dass die
Fibel seinem Vater gehörte, doch eines Tages dieser
Stein aus dem Himmel fiel und seinen Vater samt Fibel
unter sich begrub.

Der nächste Morgen brach herein-

Warte mal.
Da fiel nen Stein aus dem Himmel, begrub seinen
Vater und das Einzige was der Kerl will, ist die
Fibel? Was ist mit den Gebeinen seines alten Herrn?

Die wurden zu Staub zermahlen.

Aber die Fibel nicht?

Die Fibel war aus Zwergenmetall.

Ah. Das ergibt natürlich Sinn.

Der nächste Morgen brach herein und wie den Morgen
zuvor standen Kaffee und Rührei für sämtliche Jomsen
bereit.
Nach dem Frühstück verkündete Jarl Erik die nächste
Aufgabe.
»In dem See, den ihr von der Burgmauer aus sehen
könnt, lebt ein goldener Hecht von gewaltiger Größe.
Fangt ihn!«
Nun, im Gegenteil zu Hipster Viking und Finnboy war

Captain Hammer kein Angler.
Er musste sich also etwas Anderes einfallen lassen.
Zuerst besorgte er sich ein Boot, mit dem er auf den
See fuhr.
Dort saß er nun drei Tage lang und überlegte sich, wie
er den Hecht fangen soll.
Die Mittagssonne des dritten Tages schien hell und so
kam es, dass Captain Hammer tief in den See blicken
konnte. Dort, an der tiefsten Stelle, erblickte er einen
goldenen Schimmer. Ohne zu zögern, sprang er ins
Wasser und tauchte herab.
Minuten vergingen und die Jomsen fürchteten schon, es
wäre um ihn geschehen.
Der See war spiegelglatt und ruhig, doch plötzlich fing
das Wasser an zu brodeln und aus der Mitte des Sees
schleuderte der goldene Hecht empor.
Er landete direkt vor den Füßen des Jarls, der seinen
Augen nicht trauen konnte.
Captain Hammer tauchte auf und ging gelassen aus
dem See.
»Wahrlich, eine Meisterleistung!«, rief Erik ihm
entgegen.

Warum hat er den See nicht einfach ab geblinkert?

Ich sagte doch, er konnte nicht angeln!

*Wie jetzt? Er ist ein Meister auf so ziemlich jedem
Gebiet, aber zum Angeln ist er zu blöd?*

Man muss ja nicht alles können.

Finnboy… Cap kann nicht angeln!! Hahaha!

Dein Ernst? Was ist denn mit dem falsch?

Leute, ich kann auch nicht angeln.

Du bist ne Frau, du musst das nicht können.

Ihr seid ganz schön chauvinistisch, kann das sein?

Chauvi-was?

**Was hat Chauvinismus damit zu tun? Sexismus
wäre eher angebracht.**

»Wie lautet die letzte Aufgabe?«, fragte Captain
Hammer den Jarl.
»Oh nein, zuerst verspeisen wir den Fisch und dann
reden wir weiter!«, antwortete dieser.
So war es. Ein weiterer Abend mit Met, Gesang und
Tänzen wurde gefeiert.
Dazu gab es den goldenen Hecht, dessen Fleisch reichte
um sämtliche Jomsen und Captain Hammer zu sättigen.
»Nennt mir die dritte Aufgabe!«, forderte Captain
Hammer.
»Ihr müsst mir mehr Zeit geben, denn die letzte
Aufgabe soll deine Fähigkeiten testen. Jedoch ist es
schwer, eine passende Aufgabe für einen Mann eures
Schlages zu finden.«

Und so vergingen drei volle Wochen mit
frühmorgendlichem Kaffee und Rührei.
Am ersten Tag der vierten Woche war kein Kaffee
gekocht und kein Rührei gebraten.
Die Jomsen waren verwirrt. Was war los?
Wo war Captain Hammer?

Sie stürmten los und suchten Captain Hammer in der
gesamten Burg. Jeden Vorhang, jede Seekiste, sogar die
Ställe durchsuchten sie.
Am Ende fanden sie ihn... in seinem Bett.
»Captain Hammer, mein Freund, ist alles in
Ordnung?«, fragte der Jarl besorgt.
»Hat irgendwer ne scheiß Aspirin für mich?«,
entgegnete Captain Hammer ihm.
Die Männer wirkten verwirrt doch sogleich rannte einer
los und besorgte ihm einen Krug Met.
»Auch gut!«, sprach Captain Hammer und trank den
Krug in einem Zug aus.

**Jaja, das passt zu ihm. Erst einen auf hart machen
und dann ne Aspirin wollen.**

Was ist Aspirin überhaupt?

Acetylsalicylsäure.

Häää?

Egal. Jedenfalls-

Ist das meine Geschichte!

Nach einem nährreichen Frühstück verlangte Captain
Hammer zu wissen, was die dritte Aufgabe sei.
»Es ist dein gutes Recht dies zu erfahren.«, hob Erik an.
»Ich habe lang darüber nachgedacht und bin zu
folgendem Entschluss gekommen:
Schärft das Essmesser meines Ahnen Sigurd. Ihr denkt,
dies wäre eine leichte Aufgabe, aber das Messer ist aus
demselben Stahl wie Gram.«

Captain Hammer nickte bedächtig. Sämtliche
Schleifutensilien in der Burg waren zu weich um diese
Klinge zu schärfen, es bedurfte etwas Härterem.
So machte sich Captain Hammer auf zum nächsten
Hügel und brüllte:
»THOOOOOOOOOOOOOOOOOOOOOOOOOOR!«

Da wären wir wieder bei diesem Manuel Neuer.

Zuerst geschah nichts, doch dann zogen sich die
Wolken zusammen und ein Blitz schlug vor Captain
Hammer in die Erde. Dort stand er, Gott des Donners,
Odinsson, Beschützer der Menschen, Träger von
Mjöllnir…

*Jaja, Blondie, der Hüne, der mit dem Stein in der
Stirn… hey warte.*
Geht es etwa um den Stein?

Ja.
Hör auf zu spoilern!
Captain Hammer bat Thor also darum, an dem Stein in
seiner Stirn das Essmesser namens Grämi schärfen zu
dürfen.

Bähm!

Thor und Captain Hammer waren Freunde geworden
und deshalb kam der Gott seiner Bitte nach.
Während er das Messer an der Stirn Thors schärfte,
sprach er nebenbei: »Ich habe gehört, dass Hipster
Viking und Finnboy ein Heer aufstellen.«
Donar lauschte und antwortete: »Redet nicht weiter,
natürlich bin ich dabei den beiden eine Lektion zu

erteilen!«

Es bedurfte keiner weiteren Worte.

Nach einiger Zeit kehrte Captain Hammer zur Burg der Jomsen zurück und legte Jarl Erik das Messer auf den Tisch, mit der Klinge nach oben, da es sich sonst durch den Tisch geschnitten hätte.

Voller Staunen stand Erik auf, ging auf Captain Hammer zu, legte seine Hand auf dessen Schulter und sprach: »Die Jomswikinger stehen hinter dir!«

Die Aufgabe

Es war ein ruhiger Tag in der Hipster Cave.
Finnboy und She Spider saßen beieinander und spielten
eine Runde Tafl.
Diego hielt ein Nickerchen in seinem Spielzimmer,
welches seine drei Menschen vor wenigen Tagen
bauten.
Im Gewächshaus schwirrten die Zerschmetterlinge
fröhlich umher und verteilten den Blütenstaub von
Pflanze zu Pflanze.
Nach der Vergrößerung der Hipster Cave war vorerst
eine Baupause verhangen worden.
Alle waren entspannt und zufrieden, doch einer fehlte.
Hipster Viking.
Wo war er?
Finnboy vermutete Hipster Viking wäre zur
Schmiedeeisernen Gilde gereist, um etwas Zeit mit
 seinem Kumpel, dem Troll, zu verbringen.
She Spider war es relativ egal, denn nun hatte sie das
erste Mal seit Ewigkeiten die Möglichkeit mit Finnboy
allein zu sein.
»Pärchen brauchen halt auch mal etwas Zeit allein.«,
dachte sie sich.
Doch wo war er?
Ohne jemanden etwas zu sagen, verschwand er mit
einigen Ausrüstungsgegenständen.
Finnboy dokumentierte beinahe alles in der Hipster
Cave, seit dem vermeintlichen Einbrecher.
Gefehlt hatten: Ein Bollerwagen, zwölf Äxte, fünfzig
Gramm vom Ott, ein paar Badelatschen, zwei

Handtücher, ein Elchschinken, sieben Äpfel, das
Lieblingshorn von Hipster Viking und ein Fass vom
besten Bier aus Finnboys Reserven.
»Der hat mein Lieblingsbier mitgehen lassen, der
Mistkerl!«, schrie er bei der Inventur. Es handelte sich
hierbei um ein Fass mit einem aufgedruckten Auerhahn,
das meist getrunkene Bier der Schmiedeeisernen Gilde.
Dies brachte Finnboy dazu zu glauben, Hipster Viking
wäre zur Gilde gereist.
Doch er lag falsch.

Pfeifend streifte Hipster Viking durch die Lande und
zog den Bollerwagen samt Sack und Pack hinter sich
her. Eine magische Karte führte er bei sich, welche sich
anpasste je nachdem wo lang er blickte.

**Die ist geil! Haben wir mal so einer alten Hexe
abgezogen.**

Hattet ihr keine Angst, dass euch die Hexe verflucht?

Sie hat ja nichts davon mitbekommen.

Im Ernst?

**Okay, okay, sie war blind und ihr Gehör hat auch
nicht mehr so gut funktioniert.**

Ihr seid echt das letzte.

Was soll ne Blinde denn mit einer Karte?

Es geht darum, dass ihr eine behinderte Frau bestohlen
habt.

**Egal. Jedenfalls war ich wütend auf Hipster Viking.
Mein Lieblingsbier. Einfach so.
Das bedeutete Krieg!
Nach dem ruhigen Frühstück und allem entschied
ich mich, Hipster Viking zu zeigen, dass es nicht hip
ist, Dinge zu nehmen, bevor man Leute danach
fragt.
So packte ich She Spider und wir machten uns auf
den Weg zur Schmiedeeisernen Gilde. Natürlich
hatten wir uns auch etwas zur Versorgung
mitgenommen, und zwar:
Ein Bollerwagen, sieben Äxte, drei Birkenzweige,
zwei Spinnräder, neun Handspindeln, fünf Kilo
Wolle, ein Laib Käse, vier Saunahandtücher und
drei Fässer Met.
Was der kann, konnten wir schon lange.
Mit strammen Schritt bewegten wir uns vorwärts.
Klar könnte man jetzt fragen: „Warum habt ihr
nicht gewartet und ihm den Arsch versohlt, sobald
er zurückkam?"
Nun, das ist einfach nicht mein Stil.
Es musste sofort sein.
Außerdem kannte She Spider die Gilde noch nicht
und das mussten wir ändern.**

*Jo Leute, kurze Zwischenfrage: Hat jemand meinen
Toaster gesehen?*

Deinen Toaster?

Ja, ich finde den nicht mehr.

Wie kann man denn einen Toaster verlieren?

*Naja, wir reisen durch die Geschichte und von Welt zu
Welt, da kann man schon mal was verlegen.*

Ich verstehe.
Möchtest du nicht erzählen wohin du wolltest?

*Mhm. Kann ich machen, kauf ich mir halt nen neuen
Toaster.*

Also…
Diese Karte war der Hammer.
*Man konnte sie einfach nicht falsch herum halten, sie
drehte sich ja schließlich mit.*
Auf ihr stand: Goog le Mäps
Daher nannte ich sie liebevoll Mäps.
Mithilfe von Mäps fand ich jedes Ziel.
Doch es lag ein weiter Weg vor mir.
Es ging nach Jotunheim. Eine Welt der Riesen.
»Warum sollte ein Mensch zu den Riesen wollen?«,
fragt ihr euch?
Ich wollte ja gar nicht. Ich musste.
*Erinnert ihr euch an das Post-It? Was glaubt ihr denn
wer „T.“ ist?*
*Weder Ice-T, noch Tupac. Das wäre ja schön, nein, es
handelte sich um Thor.*
*Dieses blonde Muttersöhnchen, das mich aus dem
Knast befreit hat.*
*Und wenn ihr eure Gehirnzellen noch mal ganz stark
anstrengt, erinnert ihr euch sicherlich daran, dass es
da noch eine Aufgabe gab.*
*Aber mehr dazu später, ich glaube ich weiß wieder wo
der Toaster ist.*

Ähm. Na gut.
Soll ich weiterschreiben oder möchtest du Finnboy?

Finnboy?

Dann also ich.
Finnboy und She Spider kamen nach wenigen Stunden
bei der Schmiedeeisernen Gilde an. Erschöpft klopften
sie an die Pforte und sogleich machte eine riesige
Gestalt die Tür auf.
»Wer ist da?«, sprach sie.
»Ähm, jo, hier unten...«, der Riese schaute herab: »Wer
seid ihr?«
»Finnboy und She Spider, wir kommen um Hipster
Viking den Arsch aufzureißen!«, antwortete Finnboy.
»Hipster Viking? Der war schon Ewigkeiten nicht mehr
hier.«, antwortete der Riese.
»Wer bist du eigentlich? Wo sind der Troll und der
Geselle?«, fragte Finnboy.
»Wer ich bin? Mir gehört der Laden hier! Ich bin der
Meister!«
Da stand er. Beim letzten Mal konnten die beiden sich
ja nicht begegnen, da der Meister ein Bad nahm.
Muskelbepackt und bärtig. Das traf wohl die beste
Beschreibung, die man geben konnte.
»Ihr seid Freunde vom Troll und dem Gesellen?«,
fragte der Meister.
»Jo, sind die da?« - »Na klar, kommt rein, setzt euch,
nehmt euch nen Keks!«
»Uuuuh, Kekse!«, rief Finnboy und rannte in die

majestätische Schmiede.
Es hatte sich nicht viel geändert. Noch immer standen die riesigen Schmiedeutensilien im Raum und noch immer lagen die Kronkorken, groß wie Gullideckel, auf dem Boden.
She Spider begleitete den Meister langsam und unterhielt sich mit ihm über Pferde.
Wie sich herausstellte, waren beide große Pferdesymphatisanten.
Finnboy eilte durch die Halle auf der Suche nach Keksen und rannte in den Troll.
»Finnboy, Troll? FREUND!«, rief der Troll.
Und so begann ein spaßiger Abend mit Met und interessanten Gesprächen.

Hier bin ich wieder!
Entschuldige, ich hatte gerade etwas auf dem Herd stehen.

Dir sei verziehen.
Möchtest du fortfahren?

Eigentlich ist es ja Zeit für Hipster Viking…

Ja, aber der ist-

HIER!
Bin wieder da!

Hast du den Toaster gefunden?

Nein, aber nen Lockenstab. Mit etwas Geduld kann ich damit sicherlich auch toasten.

Wahnsinn. Also schreibst du weiter?

Jo.
Wo war ich stehen geblieben…

Ach ja, Thor.
Seine Aufgabe, welche Bedingung dafür war dass ich
aus dem Knast komme.
Ich musste also nach Jotunheim.
Jotunheim ist ziemlich karg.
Große Teile der Landschaft bestanden aus Bergen.
Berge so hoch, dass man die Gipfel nicht mehr
erkennen kann.
In den Tälern liegen Seen, so tief wie die Berge hoch
waren.
Es ist nicht einfach dort Off-Road unterwegs zu sein,
doch der Vorteil an einer solch großen Welt waren die
breiten Straßen.
Es gab genug Platz für dutzende Karren
nebeneinander. Die Riesen mussten ihre Güter ja auch
irgendwie transportieren.
Doch konnte ich nicht den ganzen Weg auf jenen
Straßen hinter mich bringen.
Fünf Tage dauerte es um mein endgültiges Ziel in
Jotunheim zu erreichen.
Also fünf Tage Off-Road.
Aber da war ich. Vor einer Höhle. (Wie konnte es
anders sein.)
Und in dieser Höhle befand sich mein Auftrag.

Der schlimmste Auftrag ever.

Ja, im Nachhinein betrachtet war es wirklich nicht so
lustig wie erwartet.

Jetzt rücke endlich mit der Sprache raus…
Was war dieser Auftrag?

Meine Liebe, hetze mich nicht!

Das ist ja zum Mäuse melken. Finnboy, erbarmst du
dich, uns zu erzählen was der Auftrag war?

**Ich erfuhr es auch erst einige Tage später, immer
noch verkatert vom Besuch bei der Gilde.**

Und?

**Gemach.
She Spider und ich waren wieder in der Cave und
erholten uns als Hipster Viking in der Tür stand.
Das Cappi leicht schief, der Bart zerzaust und der
Hosenstall offen.
»Auf welcher Rave Party warst du denn?«, fragte
ich ihn.
»Und wo ist der Bollerwagen?«**

**Hipster Viking war komplett hinüber.
Er verlangte nach Wasser!!!
Ja genau, nach Wasser.
Nach einer halben Stunde Suchen fand ich
alkoholfreies Wasser.
Hipster Viking nahm dies und trank und trank und
trank…
Wir brachten ihn in die Küche und setzten ihn erst
einmal an den Tisch.
Er stank fürchterlich. Aber zum Duschen war er
nicht im Stande.**

»Jetzt erzähl schon, wo warst du?«, fragte She
Spider ihn.
Hipster Viking schaute ins Leere und begann zu
erzählen.
Wir waren schockiert.
Es lief wie folgt ab:
Nachdem Hipster Viking die Höhle erreichte, betrat
er sie.
In dieser Höhle wohnte eine Riesin. Thökk war ihr
Name.

*Ihr wisst schon, die die nicht heulen wollte wegen
Balder.*

Genau die.
Jedenfalls war es Hipster Vikings Aufgabe…
Ich kann das nicht schreiben. Das ist ekelhaft.

Was denn nun?

Er hat…
Er hat…

Ja, ich habe sie gepimpert, okay!?

Was? Das war deine Aufgabe?

*Naja…
Thor sagte überzeuge sie.*

Vielleicht sie zu überzeugen, Tränen für Balder zu
vergießen?

Ja, also…

Mist.

Warte, du musstest das also gar nicht tun?

Doch, ich meine ich sollte sie überzeugen!
Und wie sollte ich das machen, wenn nicht mit…
Also ich hätte auch mit ihr reden können oder ihr was
schenken oder…
Oh backe. Warum hab ich das getan?

Warte mal, aber du weißt schon, dass Thökk
eigentlich Loki ist?

Was? Nein. Thökk ist eine Riesin!

Finnboy hat recht. Es war Loki.

Aber das bedeutet ja…

Du hast Loki befriedigt!

Oh nein.
Ich war also sein Pferdeersatz?

Hahahahahahahahahahahahahahahahahahahaha!

Tut mir leid Hipster Viking.
Vielleicht solltest du mal besser zuhören, wenn man dir
eine Aufgabe erteilt?

Nein! Nein! Nein!
Ich sollte das tun!

Das würde ja heißen, die Götter hätten dich beauftragt,

dich zu prostituieren.
Das klingt wirklich nicht sehr asisch.

Hahahahahahahahahahahahahahahahahahaha!
Hipster Viking – Das Leben eines Prostituierten
Das sollte der Buchtitel sein!
Hahahahahahahahahahahahahahahahahahaha!

Aber ja, genau das taten die Götter!
Sie haben mich benutzt!

Konntest du Loki, also ich meine Thökk, denn
wenigstens überzeugen?

Nein.
Sie war sturr.

Hahahahahahahahahahahahahahahahahahaha!
Du hast es nicht mal gebracht!
Oh man, das muss ich gleich mal posten!

Wehe dir!!!

Hallo liebe Follower,
ihr werdet es nicht glauben.
Mein Freund Hipster Viking wurde von Thor
beauftragt, Loki zu knallen.
Er sollte ihn damit überzeugen für Balder zu
weinen. Aber er hat es nicht gebracht!
Lol Rofl XD
#nohomo #bestdayofmylife #wasistdasfür1hipster

ICH HASSE DICH!

Das ist wirklich nicht nett.

Ich hab schon zwanzig Likes und vier Kommentare!

Und was steht da?

Olaf hat geschrieben: „#wasfür1trottel“
Jarl Andreas schrieb: „Hat er verdient!“
Thor hat geschrieben: „Warte, was? Ich habe ihm
gar keine Aufgabe erteilt!! :O“
Loki hat geschrieben: „;)“

Warte mal…
Kann es sein, dass es überhaupt nicht Thor war, der
dich freigelassen hat?

Was meinst du?

Nach diesen Kommentaren zufolge, klingt es eher so,
als hätte Loki dich reingelegt um…
nunja, du weißt schon was.

Du meinst also...?
NEEEEEEIN!!!

Das klären wir…
Ich antworte auf Lokis Kommentar:
„Loki, hast du Hipster Viking befreit und das Alles
eingefädelt?“

Und?

Was schreibt er, verdammt??

Er antwortet:
„#yolo #swag #hattenochnienenhipster
#dochjetztschon"

Ich reise persönlich nach Asgard und reiße dem
******** den ******** auf und ****** in seinen*
********************.*

Hipster Viking? Bist du noch da?

Mhm wohl nicht.
Finnboy, war das das Ende der Geschichte?

Ähm. Nö.
Da ist noch was passiert.

Und was?

Es klingelte an der Tür.
She Spider ging hin und kam mit Björn zurück.
Er war außer Atem und so schenkte ich ihm erst
einmal ein Bier ein.
Nun saßen wir da mit einem geschundenen Hipster
Viking und einem nach Luft schnappenden Björn.
»Was geht ab Björn?«, fragte ich ihn.

**Björn, schwitzend, antwortete: »Dieser Captain
Hammer… der baut nen Heer auf!«
Lange saßen wir noch beisammen und beredeten
diese Aussage.
Doch was wir taten und wie wir uns entschieden,
kommt
in der nächsten Story.**

Ende?

Ende!

Zwergenheer

Habt ihr auch Freunde, die euch jederzeit zur Seite
stehen?
Die euch vor Gefahren warnen?
Die euch helfen, wann immer sie können?
Bei uns war das Björn.
Er berichtete uns von Captain Hammers Plan ein
Heer gegen uns zu führen.
Hätten wir Björn nicht, hätten diese Ganoven uns
sicher in der Hipster Cave überrascht, doch so
hatten wir genug Zeit, Verbündete um uns zu
sammeln.
Ihr fragt euch sicherlich: Welche Verbündeten?
Und genau davon handelt die folgende Geschichte.

Nachdem Hipster Viking wieder zu Kräften kam,
schmiedeten wir Pläne.
Wer würde uns zur Seite stehen und wie,
beziehungsweise wo sollten wir uns Captain
Hammers Schergen entgegenstellen?
Lange Diskussionen streckten sich über den Tag bis
tief in die Nacht.
Doch am Morgen war uns bewusst, welche Wege wir
einschlagen sollten.

Hipster Viking machte sich auf zu seinen
Zwergenfreunden und ich suchte weiteren Rat bei
meinen Atzen Odin und Mimir.
She Spider kümmerte sich währenddessen um Diego
und die Zerschmetterlinge, denn wir würden jeden

einzelnen brauchen, so befürchteten wir.
Uns war zu Ohren gekommen, dass Cap die
Jomswikinger um sich scharen konnte und diese
Jomswikinger waren die härtesten Kerle auf
Midgard.

So saß ich mit Mimir und Odin und bat um ihre
Hilfe.
Lange saßen wir dort an der Quelle allen Wissens
und diskutierten.
Odin hatte schon damals viele Schlachten geführt
und so war er der perfekte Taktiker für unsere
Sache.
Mimir hingegen gefiel die ganze Situation
überhaupt nicht.
Er behauptete, unser Freund Björn würde uns
anstacheln, eventuell wären das alles nur Gerüchte.
Doch für Vermutungen hatten wir keine Zeit.
Captain Hammer ist ein harter Hund, dem wir
solche Taten definitiv zutrauten.
Doch Mimir entschied sich, sich aus diesen
Angelegenheiten rauszuhalten.
Hipster Viking war währenddessen schon bei seinen
Zwergenfreunden gelandet.

Ja das war ich.
Es benötigt einiges an Zeit um zu ihnen zu gelangen,
doch der Aufwand lohnte sich.
Ich ging zur Höhle meines alten Freundes in
Svartalheim.
Nyr begrüßte mich mit besorgter Miene, das war man
nicht von ihm gewöhnt.
Wie sich herausgestellt hat, war er besorgt, ich könnte
glauben er hätte mich an die Götter verpfiffen. Dem

war natürlich nicht so.
*Viele Worte benötigte ich um ihm klar zu machen, dass
er keine Schuld habe, doch er bestand darauf mir einen
Gefallen zu schulden.*
*Natürlich kam mir das sehr recht in diesem Moment,
also fragte ich ihn:*
*»Stehst du mir zur Seite gegen ein Heer der
mächtigsten Krieger Midgards?«*
Er schaute zu mir herauf und fing an zu grinsen:
*»Reicht man dir den Finger nimmst du gleich beide
Arme! Natürlich bin ich dabei!«*
*Ich war natürlich davon ausgegangen, dass ich ihn
überredet bekommen würde, doch trotzdem
verwunderte mich seine rasche Antwort.*
*»Wie kommt es, dass du gar nicht darüber nachdenken
möchtest? Es könnte ziemlich blutig werden.«, sprach
ich zu ihm.*
*»So ein paar Großfüßlern die Kniescheiben zu
zertrümmern, gibt es etwas Befriedigenderes in diesem
Leben?«, antwortete er.*
*»Naja, Met und Schinken und Frauen würde ich jetzt
mal sagen.«*
*»Hipster Viking, du machst mir Hunger. Lass uns
speisen!«*
Und so war es.

*Bei Fleisch und Met sprachen wir über die momentane
Situation und schnell begriff Nyr, dass es nicht
ausreichen würde, EINEN Zwerg zu schicken.*
*Für solch ein Vorhaben benötigt man viele seiner
bärtigen Verwandten und Bekannten.*
Also lud er jeden Zwerg zu sich ein. Jeden Einzelnen.
*Die Zwerge hatten sonderbare Möglichkeiten sich über
große Entfernungen zu verständigen.*

Flüstersteine nannten sie diese Einrichtungen.
Ein jeder Flüsterstein empfing die reingesprochenen
Worte aus jedem anderen Stein.
Doch durften diese nur im Notfall, wie zum Beispiel
eines Angriffes auf das Zwergenreich oder einem
eingestürzten Berg, oder zur Verkündung großer Feiern
benutzt werden.
So sprach er in den Flüsterstein und drei Tage später
kamen hunderte, ach was sage ich da, TAUSENDE
Zwerge zu seiner Höhle.
Wie bereits früher erwähnt, war Nyr's Höhle gewaltig,
doch solch eine Masse an Zwergen würde selbst diese
nicht fassen. Dachte ich.
Er schob mit seinen Vettern einen riesigen Fels beiseite
und hinter diesem Fels lag die größte Festhalle, die ich
in meinem Leben je erblickte.
Zuerst war dort nur ein tiefes schwarzes Loch, doch
dann nahm Nyr eine Fackel und hielt diese gegen die
Wand. Ein Ring aus Feuer zog sich an den Wänden und
Säulen entlang, welche komplett aus Gold bestanden.
Der Boden, die Decke, die Wände und sogar die Tische
waren aus Gold geschaffen und alles glänzte im Licht
des Feuers.
»Verdammt Nyr, du hast echt ne Macke. Weißt du was
man sich an Mengen Gras hier drinnen züchten
könnte? Das wäre die größte Plantage aller Welten! So
viel, dass es niemand rauchen könnte. Warum steht
diese Halle leer und verdeckt?«, fragte ich ihn.
»Diese Halle wurde über Generationen von Zwergen
gebaut und bildet das größte Vermächtnis meines
Volkes. Rubine, Diamanten, Bernstein, Marmor, Silber,
Gold, all das ist hier verbaut und in die Wände sind die
Geschichten einer jeden Dynastie gemeißelt.
Es steht mir nicht zu, etwas Anderes daraus zu machen.

Die Halle wurde für alle Zwerge gebaut und so wird sie
auch nur in Zusammensein aller Zwerge genutzt.«,
sprach Nyr.

»Alle Zwerge?«, fragte ich.
Während ich noch fasziniert um mich schaute, stellten
die Zwerge schon die Mahlzeiten auf die Tische, rollten
Met und Bier in die Halle und einige knieten vor den
Bildern ihrer Ahnen.
»Sind das alle Zwerge Svartalheims?«
»Allesamt!«, antwortete Nyr.
»Wie viele sind es?«, fragte ich geschockt.
»Nun, die Anzahl entspricht mehreren hunderttausend.
Wahrscheinlich sogar mehr. Es gab lange keine
Volkszählungen mehr.«, sprach er: »Lass uns einen
 Platz für dich suchen, mein großer Freund!«

Mehrere Stunden dauerte es bis ich, letztendlich, meine
Augen von der Halle abwenden und mich auf das
Geschehen in ihr konzentrieren konnte.
So viele Bärte.
Doch auch viele Frauen waren unter den Zwergen.
Anders als vermutet, trugen diese keine Bärte. Sie
waren etwas breiter als die meisten der männlichen
Zwerge und eine jede hatte nen gigantischen Vorbau.
Die Kinder gingen mir gerade mal bis zu den Knien
und rannten durch die Reihen von Tafeln.
Plötzlich stand Nyr auf und blies in ein Horn.
Von den Wänden hallten die tiefen Töne des Horns
wieder und dieser einzelne Stoß schwebte mehrere
Minuten im Raum.

Nachdem er abklang, erhob Nyr das Wort an das
Zwergenvolk.

»Brüder, Schwestern, Vetter, seid gegrüßt und ich freue mich, euch alle wieder zu sehen!«
Ein Jubel machte sich breit.
»Danke, danke. Leider ist diese Feier und das Wiedersehen nicht der einzige Anlass für meine Einladung. Ich möchte euch um etwas bitten!«
 Ruhe kehrte in der Halle ein.
»Mein guter Freund Hipster Viking hier kam vor einigen Tagen zu mir und berichtete mir von einem Problem.«
Mittlerweile war es so still, dass man eine Stecknadel am anderen Ende der Halle, auf den Boden fallen hören würde. (Nehme ich an, ein Ende der Halle war nicht sichtbar.)
»Ein Problem, welches früher oder später auch uns betreffen würde. Eine Bedrohung, nicht nur für das Reich der Menschen, sondern für jedes Reich und jede Welt an Yggdrasils Ästen und Wurzeln.«
Die Mienen der Zwerge verfinsterten sich und sie lauschten gespannt.
»Ein gewisser Captain Hammer stellt in genau diesem Moment ein Heer zusammen. Ein Heer aus den härtesten Kriegern der Menschenreiche. Doch nicht nur Menschen scheinen ihm zu folgen, auch eine Hand voll Götter hat sich seinem Feldzug angeschlossen. Und sein Ziel ist die Unterwerfung aller Völker.«
Die Augen der Kinder wurden immer größer und die Frauen hielten sich die Hände vor die Münder, während Nyr seine Ansprache hielt.
»Und daher möchte ich euch bitten, mir und Hipster Viking zu folgen. Noch ist das Heer des Captain Hammer nicht größer als ein paar tausende, doch sollten wir nicht warten bis er sein Heer vergrößert hat. Wir müssen die Chance ergreifen und diesem

Menschen zeigen, was wir von Unterdrückung und
Knechtschaft halten. Wir müssen uns seinem Heer
stellen und es zerschmettern. Wir müssen ihn in die
Knie zwingen, auf dass wir ihm ins Auge spucken
können.«
Ein Gemurmel ging durch den Raum, bis einer der
Zwerge aufstand.
Er war groß, also für einen Zwerg, und scheinbar hatte
er wirklich etwas zu sagen.
»Nyr,«, sprach er: »Kein Wesen darf sich ermächtigen
die Welten zu unterwerfen, keine Gruppe sollte ein
solche Macht haben. Ich und mein Clan werden dir
folgen!«
»Wir auch!« - »Und wir!« - »Wir sind dabei!« - »Wo ist
meine Axt?« - »Lasst uns Tyrannen vermöbeln!«
So riefen die Zwerge.
Wäre ich nicht so cool, wären mir doch glatt ein paar
Tränen über die Wangen gerollt.

Die Zwerge waren mit an Bord.
Ein Heer aus Zwergen, was sollte dem im Weg stehen?
Bauherr, Krieger und Händler, das war jeder einzelne
Zwerg für sich.
Zusammen würden diese kräftigen Wesen einem jeden
Feind ins Gesicht starren, bis dieser nachgab.
Natürlich kam nicht jeder Zwerg mit.
Die Frauen und Kinder würden in den Höhlen bleiben.
Und mit ihnen genug Männer um den Bau der Stollen
und die Verteidigung der Städte zu übernehmen.
Doch es gab unzählige von diesem Volk und so standen
wenige Tage später tausende in Rüstung gekleidet
bereit um mir zurück nach Midgard zu folgen.

Auf dem Weg sangen die Zwerge gerne und ihre tiefen

Stimmen ergaben Chöre die die Berge zum Beben brachten.
Im Gleichschritt mit Trommeln getrieben bewegte sich das größte Zwergenheer, das die Welten je gesehen hatte.

Ein unfassbarer Anblick, das kann ich euch sagen. Doch auch ich war nicht untätig. Nachdem ich mit Odin den Schlachtplan erarbeitet hatte, wendete ich mich an einige andere Asen.
Der einzige der mir folgte war Vidar.
Der Schweigsame Krieger.
Zweitstärkster Ase.
Mit seiner Kraft, der Anzahl an Zwergen und dem ein oder anderen Trick sollten wir es schaffen, Cap auf zu halten.
Doch wussten wir nicht genau, wie viele er um sich gescharrt hatte und so blieb uns nur die Hoffnung, mehr Verbündete und einen besseren Plan zu haben.
Gemeinsam machten wir uns auf zu der Stelle, welche wir als Schlachtfeld auserwählt hatten. Es war kalt. Der Winter war gekommen und bedeckte die Landschaft mit einem weißen Teppich.
Episch.
Für die Schlacht allein benötigt es mehr als nur eine Geschichte.
So werden die kommenden euch von jener berichten.

Wow. Ich bin erstaunt.
Ohne euch ins Wort zu fallen, oder unzählige Beleidigungen et cetera auszusprechen, habt ihr es geschafft eine komplette Geschichte zu schreiben.

Kein Ding, Schnecke. Heute schon was vor? Netflix &
Chillen?

Oh man.

Wintersonnenwendenschlacht –
Verrat

Feuer loderten in den Lagern der Zwerge.
Eiseskälte beherrschte die Nächte und an den Tagen

glänzten die Eiskristalle nah und fern. Auf einem Hügel
lagerten sie und warteten auf das Eintreffen der
Truppen von Captain Hammer.
Sah man von dem Hügel herab, lag ein zugefrorener
See auf der rechten und ein hohes Gebirge auf der
linken Flanke. Geradezu erstreckten sich weite, flache
Flächen, von denen aus die Truppen der Jomswikinger
rund um Captain Hammer kommen würden.
So berichtete Björn es Hipster Viking und Finnboy.
Einige Späher wurden ausgesendet um rechtzeitig
Bescheid zu geben.
Und so verbrachten die Krieger ihre Zeit damit die
Waffen zu putzen, die Rüstungen zu ölen, zu speisen
und zu warten.
Den Zwergenwachen, die um das Lager aufgestellt
wurden, hingen Eiszapfen in den Bärten. Rund um die
Uhr knisterten die Feuerstellen und das Holz dafür
wurde in einem Wald geschlagen, welcher auf dem
Hügel wuchs.
Das Jahr neigte sich dem Ende zu und so wurden die
Nächte immer länger.
Wölfe streiften durch die Lande in der Suche nach
Futter, die Bären zogen sich in ihre Höhlen zurück,
jedes Tier bereitete sich auf den Winter vor.
So war es schwer, frische Nahrung zu bekommen, doch
daran hatten die Zwerge natürlich gedacht.
Karren voll mit Essen und Trinken zogen sie hinter sich
her auf ihrem Weg nach Midgard.
Ein Zwergenheer konnte viel essen und Zwerge
mochten fremde Küche nicht besonders.
So verlief ein jeder Tag im Lager damit, dass gekocht
und gefeiert wurde.
Noch war die Schlacht nicht gewonnen, doch Zwerge
fanden immer einen Anlass zu feiern und sei es nur ein

schöner Sternenhimmel am Abend.

Währenddessen marschierten die Truppen von Captain
Hammer immer weiter auf das Schlachtfeld zu.
Mit Drachenbooten setzten sie über nach Norwegen
und von da aus mussten sie ihre Wege zu Fuß
bestreiten. Auf den Booten war kaum Platz für alle
Männer und Waffen, so mussten die Krieger unterwegs
nach Nahrung suchen.
Dies führte zu einigen Brandschatzungen, welche
Captain Hammer überhaupt nicht gefielen, doch auch
ihn plagte der Hunger.
In solch einer Situation werden die ehrenhaftesten
Männer zu wilden Tieren.
Auf ihrem Marsch verloren sie einige dutzend Krieger.
Teilweise durch Kälte und Hunger, teilweise durch
Streitigkeiten, die durch jene entstanden.
An Captain Hammers Seite liefen Olaf und Jarl Erik.
Olaf führte die beiden, denn er war es, der Captain
Hammer vom Vorhaben Hipster Vikings und Finnboy
berichtete.
Er erwartete Captain Hammer und die Jomswikinger an
der Küste Norwegens und begleitete diese von da an.
Von Tag zu Tag wurde es schwerer sich fort zu
bewegen, der Schnee wurde tiefer und ohne Nahrung
wurde die Motivation von Tag zu Tag immer geringer.

Doch es musste geschehen. Irgendjemand musste sich
den Machenschaften von Hipster Viking und Finnboy
entgegenstellen.
Es war jedoch wichtig, dass die Krieger bei Kräften
waren, sollten sie dem Feind begegnen, denn es hieß
Hipster Viking und Finnboy haben ein Heer von
Zwergen an ihrer Seite.

So verbrachten die Krieger einige Tage in einer großen
Stadt am Rande jenes Gebirges, welches zwischen
ihnen und dem Feind lag.
Sie tankten Kraft, aßen, pflegten ihre Wunden und
bereiteten sich auf die alles entscheidende Schlacht vor.

**Und dann, am Abend der Wintersonnenwende,
ertönten die Hörner.**
**Vom anderen Ende des Tals hallten die tiefen Töne
uns entgegen.**
»Der Feind ist hier.«, sprach Nyr zu uns.
**Wir saunten gerade in meinem Saunazelt, als die
Hörner ertönten.**
**Hipster Viking, She Spider, Nyr und ich lagen dort
im Warmen, doch beim Anklang des Tons lief es mir
kalt den Rücken herunter.**
**Ich meine, wir sind ganz schön harte Kerle, aber so
eine Schlacht ist schon was anderes als eine Prügelei
in einer Kneipe.**
Hipster Viking jedoch war eingeschlafen.
**Und wie schon früher erwähnt, hat er einen ziemlich
tiefen Schlaf.**
**Wir schüttelten ihn wach und berichteten ihm von
der Ankunft Captain Hammers.**
**Er jedoch drehte sich um und sprach: »Nur noch
fünf Minuten, Mutti.«**
**Also ließen wir ihn liegen und gingen heraus um
vom Hügel zu schauen.**
**Zwei große Türme hatten unsere Zwergenfreunde
errichtet um einen besseren Ausblick zu haben und
wir stiegen auf den linken.**
**»Wo sind sie?«, fragte She Spider während wir in
die Ferne starrten.**

**Es war dunkel, also mussten sie doch Fakeln
benutzen um den Weg zu erkennen, doch keine
Fackel weit und breit. War der Späher einfach
betrunken und hat aus Spaß in das Horn geblasen?
Wir wussten es nicht. Doch Vorsicht war geboten.
Also ließen wir die Krieger aufstellen.**

*Und davon bin ich wach geworden.
Überall um mich herum rasselten Kettenhemden,
klapperten Rüstungen und klirrten Klingen. Ich dachte,
die Zwerge führen eine Inventur vor, doch als ich aus
dem Saunazelt trat, sah ich wie alle hektisch
herumwirbelten und sich schlachtbereit machten.
Ich rieb mir den Schlaf aus den Augen und gähnte, als
ich bemerkte das ich nackt war.
Unfassbar, immer dieses Nacktsaunieren mit Finnboy.
Nie habe ich verstanden, warum ich meine
Badehandtücher nicht umwickeln durfte.
Aber hey, er ist der Finne.
Mein Zelt stand nicht weit entfernt und ich war zu faul
wieder in die Sauna zu marschieren um meine
Handtücher zu suchen, also lief ich halt nackt zum Zelt.
Sollten die Zwerge doch auch einmal was Großes zu
sehen bekommen.
Ich meine, solch kleine Männer… naja, ihr wisst schon.
Außerdem habe ich mich nicht geschämt meinen
Astralkörper zu präsentieren und-*

Hipster Viking, muss das sein?

Was denn?

Wir wollen hier die Geschichte der Schlacht erzählen,
da interessiert dein nackter Körper nicht.

*Die Leser sollen doch jedes Detail wissen. Da gehört
das schon dazu.*

NEIN!
NEIN!

*Ihr seid heute aber mal wieder verklemmt.
Na gut.
Ich begab mich also in mein Zelt und zog meine
Schlachtrüstung an.
»Man sollte nicht hungrig kämpfen«, dachte ich mir,
also schnappte ich meine Schüssel und begab mich zum
nächsten Gulaschtopf.
Um mich herum waren die Zwerge immer noch
hektisch am Rüsten.
»So eine Hektik bringt doch keinem was!«, dachte ich
und schlenderte gemütlich zum Essen.
Nachdem ich meine Schüssel leer gegessen hatte,
begab ich mich zurück zum Zelt.
»Ein Äppel als Nachspeise sollte doch noch drin
sein!«, sagte ich mir und so aß ich einen der goldenen
Äppel. Sehr schmackhaft waren diese neuen
Züchtungen aus unserem Gewächshaus und meinen
Hipster Kräften tat das auch gut.
Ich wäre allerdings nicht ich, wenn ich nicht noch
einen Olaf orgeln würde, bevor die Schlacht begann.
Also setzte ich mich auf meinen stylischen
Eigenbauhocker und zwirbelte mir gemütlich noch
einen hinter.
Mittlerweile wurde das Gewusel vor meinem Zelt
immer weniger.
Das war auch gut so, bei solch einem Lärm kann man
ja gar nicht relaxen.*

*Nachdem der letzte Zug meiner Tüte aufgebraucht war,
erhob ich mich und machte mich auf die Suche nach
Finnboy.*

In der Sauna und beim Gulaschtopf war er nicht.

*Auch in seinem Zelt war er nicht zu finden, also war er
wahrscheinlich mit den Zwergen mitgerannt.*

*»Selber schuld!«, dachte ich mir und nahm mir ein Bier
aus seinem Vorrat.*

*Vor dem Zelt trank ich mein Horn aus und bemerkte,
dass sich etwas im Nachbarzelt bewegte.*

*»Finnboy, du Hund. Versteckst du dich etwas?«, rief
ich, doch er antwortete nicht.*

Also riskierte ich einen Blick hinein.

Dort drinnen jagte Diego einem Zwerg nach.

*»Verdammt noch mal, hör auf damit! Ich bin kein
Essen!«, rief der Zwerg, doch Diego war scheinbar
begeistert von der Vorstellung den Zwerg zu
vernaschen.*

*Ich beobachtete die Lage. Allerhand Zeug warf der
Zwerg Diego entgegen, doch dieser leckte sich die
haarigen Lippen und sprang dem Zwerg immer wieder
entgegen.*

Er spielte förmlich mit ihm.

*Der Zwergenmann bemerkte mich und brüllte mir zu:
»So hilf mir doch! Bändige diese riesige Katze!«*

*Also rief ich Diego zu mir. Dieser wollte zuerst nicht
von seiner Beute ablassen, doch mit einem gemütlichen
Pilz, den ich aus meiner Tasche zog, konnte ich ihn
doch davon überzeugen abzulassen.*

*»Diego, wo hast du She Spider und Finnboy
gelassen?«, fragte ich den mittlerweile sehr kräftigen
Tiger.*

*Dieser schaute mich an, machte leise »Tuff tuff« und
lief voraus.*

*Hinter den Toren unserer Holzpalisade erblickte ich
das Heer von Zwergen.*
*So viel Metall und so viel Bart gab es wohl noch nie an
einem Ort.*
*Reihe für Reihe standen die Zwerge mit geradem
Rücken und stählernen Blicken.*
*Die Waffen im Anschlag, fieberten die Zwerge der
Schlacht entgegen.*
*Diego lief die Gänge zwischen den einzelnen Legionen
entlang bis zur vordersten Reihe.*
*Ich kam völlig außer Puste an und da standen Finnboy,
She Spider und Nyr.*

Das hält ja keiner aus.
Ich übernehme ab hier wieder.
**Hipster Viking erschien komplett verschwitzt bei
uns.**
**Diego sprang She Spider an, welche mittlerweile
Probleme damit hatte, seinen Massen standzuhalten.**
**In der kurzen Zeit war der Tiger um einiges
gewachsen.**
**»Also, wo sind die Kerle?«, fragte Hipster Viking
außer Puste.**
**»Wir wissen es nicht. Das Horn ertönte, doch wir
konnten noch niemanden sehen.«, antwortete Nyr.**
**»Vielleicht ist der Späher einfach betrunken und hat
aus Spaß ins Horn geblasen?«, sprach Hipster
Viking.**
**»Genau dasselbe hat Finnboy auch schon vermutet,
doch meine Späher würden so etwas im Leben nicht
machen.«**
Alle schwiegen und starrten in das Tal.
**Dort am See schienen einige Fackeln vom
Fischerdorf herauf, doch diese brannten jede Nacht.**

Einer der Fischer war dort geblieben um sich um
die Häuser und Boote zu kümmern, während die
anderen in die Stadt reisten um zu überwintern.
Und dann ertönte das Horn erneut.
Doch diesmal kam es von näher dran. Es war
weitaus lauter und die Töne klangen eher hektisch.
She Spider war es, die den Späher erkannte.
Mitten im Tal ritt er auf seinem Zwergpony in unsere Richtung.
So schnell wie es ihm möglich war.
Und hinter ihm tauchte ein Meer aus Fackeln auf.
Es schien, als würden die Felder brennen und das
Feuer sich immer weiter ausbreiten.
Trommeln ertönten hinter den Flammen, Trommeln
die im Rhythmus einer Schlachtbewegung schlugen.
Die Zwerge fingen an zu brüllen. Sie riefen Flüche
und Drohungen in die Richtung der Gegner. Hörner
ertönten aus den vorderen Reihen.
»Woooooooohaaa, was soll das? Mir hat keiner
gesagt dass es so laut ist während einer Schlacht!«,
sprach Hipster Viking, doch seine Worte gingen
unter im tiefen Ton der Kriegshörner.

*Ich hätte mir Wolle in die Ohren gestopft, hätte ich das
gewusst.*

Ehrlich gesagt, ich auch. Aber es war auch ganz
schön episch.

*Ich weiß ja nicht… episch und gesundheitsschädlich
sind für mich zwei Paar Schuhe.*

Ach komm schon, du hattest auch Gänsehaut bei
diesem Sound.

Ich hatte vielleicht Gänsehaut wegen der Kälte, aber nicht weil mir das Trommelfell riss.

Weichei.

HEY!!!

In Ordnung, ich übernehme mal.
Captain Hammer zog mit dem Heer der Jomswikinger immer weiter auf seine Feinde zu.
Von weitem schon sah er den Hügel und mittig das orangene Cappi von Hipster Viking.
»Hier? Der Hügel bietet unseren Feinden einen taktischen Vorteil!«, sprach Captain Hammer, ein Fachmann der Kriegskunst.
»Vorteil oder nicht, meine Jomswikinger werden dieses Pack zerschlagen!«, antwortete Jarl Erik mit stolzer Tonlage.
Captain Hammer schaute den Hügel hinauf, auf dem die Zwerge über die ganze Breite verteilt waren. Wahrlich, das mussten viele sein. Welche Ausmaße dieses Heer besaß, wurde ihm jedoch erst mit Beginn der Schlacht bewusst.
»Baut ein Lager hinter den Hügeln, diese Schlacht könnte länger dauern als wir dachten.«, sprach Captain Hammer und so taten die Jomsen es.
Er und Jarl Erik hatten anderes zu tun.
In der Stadt erstanden sie ein starkes Pferd und auf diesem begab sich Jarl Erik an der Seite von Captain Hammer auf Svartfaxi auf den Weg für ein Gespräch mit ihren Feinden.
Hipster Viking, Finnboy, She Spider und Nyr sahen dies und riefen nach ihren Reittieren.

Diese erschienen prompt.

Grindill war in eine eigens für ihn geschmiedete Zwergenrüstung gepackt.

Nyrs Pony trug einen Helm mit langen Dornen auf der Stirn.

Finnboy schwang sich auf eines der Wildpferde, welche von den Zwergen gezähmt wurden.

Hipster Viking jedoch stand da.

»Hipster Viking, schnapp dir ein Pferd und begleite uns!«, sprach Finnboy.

»Ich reite nicht auf Pferden!«, antwortete Hipster Viking.

»Willst du etwa laufen?«, fragte She Spider.

»Nein!«

In diesem Moment kam Diego an Hipster Vikings Seite.

»Na Diego, hast du Lust ein paar Südländer zu verspeisen?«, fragte er ihn.

Diego brüllte.

Hipster Viking griff sich in das Nackenfell des Tigers und schwang auf seinen Rücken.

»BEI DER POWER VON GRAYSKULL!!«, rief er und Diego stürmte den Hügel herunter.

»Was zum...?«, fragte She Spider.

»Keine Ahnung, auf geht's!«, antwortete Finnboy und sie ritten Hipster Viking hinterher.

Wie Gejagte stürmten die vier den Hügel herab um mit Captain Hammer und Jarl Erik zu verhandeln.

In der Mitte des Schlachtfelds blieben beide Seiten stehen.

Nur wenige Meter trennten die Rivalen voneinander und vorerst starrten sie sich in die Augen.

»Hipster Viking!«
»Captain Hammer!«
Das Blut kochte in den Adern der beiden.
»Finnboy!«
»Captain Hammer!«
»Zwerg?«
»Nyr!«
»Also, Nyr!«
»Captain Hammer!«
»Und die liebenswerte She Spider.«, sprach Captain
Hammer und fing an zu grinsen.
She Spiders Gesichtszüge wechselten von überzeugt zu
ängstig.
»Ja sie ist liebreizend, lass deine Glubschaugen von ihr,
du Perverser!«, sprach Finnboy.
»Oh, Finnboy. Du dummes, dummes Kerlchen!«,
antwortete Captain Hammer.
»Kam es dir nie komisch vor, dass plötzlich eine
hübsche, junge Dame vor euch stand und zu allem ja
gesagt hat? Hast du dich nie gefragt, warum sie nicht
weitergereist ist, sondern bei euch blieb, obwohl ihr
euch gerade erst kennen gelernt habt?«
Finnboy schaute verwirrt drein.
»Wir haben uns halt verliebt!«, sprach er.
»Verliebt?«, antwortete Captain Hammer und lachte.
»Möchtest du es ihm nicht erzählen, She Spider?
Möchtest du ihn nicht wissen lassen, dass du ihn
benutzt hast? Dass all das nicht echt war und du im
Geheimen für mich gearbeitet hast?«
Finnboy war gänzlich verwirrt.
»Hör auf mit so etwas, deine Psychospielchen
funktionieren bei mir nicht!«, rief Finnboy wütend.
»She Spider würde nie für jemanden wie dich arbeiten!

Sag es ihm, She Spider, sag ihm, dass er unrecht hat!«,
Finnboy blickte seiner Liebe entgegen und sah wie
Tränen über ihre Wange liefen.
»Sag es ihm.«, sprach Finnboy mit Trauer in der
Stimme: »Meine Liebe?«
She Spider blickte Finnboy entgegen und sprach: »Ich
kann nicht. Er… er hat recht.«
Eine Welt brach für Finnboy zusammen.

Eine Welt? Alle Welten.
Sie war alles für mich und dann…
Ich verstand nichts, ich wollte es nicht verstehen.
Wir liebten uns, das war alles was meinem Leben in
der letzten Zeit den Sinn gab.
Und mit ihren Worten nahm sie ein Messer und
schnitt mir das Herz aus der Brust.
Ich konnte nicht atmen, nichts sagen.
»Captain Hammer heuerte mich an, kurz bevor wir
uns kennen lernten.«, sprach sie.
»Ich sollte zu euch um ihn zu informieren was ihr
anstellt. Die erste Zeit meldete ich ihm täglich was
geschah…« - das war zu viel für mich. Was sagte sie
da?
Es war alles nur gespielt? Alles?
»…aber dann…«, sie wendete den Blick zu Captain
Hammer.
»…dann verliebte ich mich in ihn. Aus dem Spiel
wurde Wahrheit. Ich schrieb kaum noch Briefe,
doch Captain Hammer fing mich ab.«
Immer mehr Tränen quollen aus ihren und meinen
Augen.
»Ich bin der Magie mächtig. Also zwang er mich
einen Zauber zu wirken. Den Fluch der Finsternis.«,
sprach sie.

»Warte mal, das war die Geschichte mit Surt oder?
Er meinte, nur mächtige Hexen können diesen Fluch
wirken!«, sprach Hipster Viking der ebenso
schockiert war.
»Genau der. Und von dem Tag an schwor ich mir,
nie wieder für ihn zu arbeiten. Ich wollte nur noch
bei euch sein, bei dir Finnboy.«
Ich konnte nichts sagen, die Trauer schnitt mir die
Worte ab.
Wie sollte ich ihr nun vertrauen können?
»Finnboy, bitte. Ich arbeite nicht mehr für ihn. Ich
liebe dich wirklich!«, sagte sie.
»Bitte, bitte glaube mir!«
»Ich weiß nicht, was ich noch glauben soll.«,
antwortete ich und drehte mein Pferd um zum
Lager zurückzukehren. Mir war die Lust an
Debatten vergangen.
Genug Lug und Betrug für einen Abend.
»Finnboy!«, rief sie.
Ich drehte mich um und sagte ihr, sie solle mich in
Ruhe lassen. Dann ritt ich zurück.

Das war echt heftig.
Ich starrte sie an mit offenem Mund und sie schaute
mir mit Augen, rot durchs Weinen, entgegen.
»Bitte glaube du mir, Hipster Viking.«, sprach sie.
Captain Hammer fing an zu lachen.
»Hahaha. Damit habt ihr nicht gerechnet, nicht
wahr!?«, sprach er.
»Komm schon Kind, komm auf meine Seite der
Schlacht. Hier gehörst du her. Die beiden werden dir
eh nicht mehr trauen!«
»HALT DEIN MAUL!«, brüllte ich ihm entgegen.
»She Spider hat uns vielleicht ausspioniert, trotzdem

hatte sie den Mut es uns zu sagen!«
Sie schaute überrascht zu mir und ich starrte zurück.
»Auch wenn ich nicht weiß, ob ich ihr jemals wieder
trauen kann, so ist es doch ihre Entscheidung auf
wessen Seite sie steht.«, ich hoffte, sie würde sich für
uns entscheiden, dennoch wäre ich nicht groß
überrascht gewesen, wäre sie zu Cap gegangen.
Doch sie tat weder das eine noch das andere.
Traurig schüttelte sie den Kopf, machte kehrt mit
Grindill und ritt davon.
Nicht in Richtung Lager, nicht zu Captain Hammers
Männern.
Sie ritt in das kleine Fischerdorf am See.
»Jetzt stehen hier zwei Männer auf meiner und zwei
Männer auf deiner Seite, Hipster Viking.«, sprach
Captain Hammer.
»Also, werdet ihr euch ergeben? Mein Heer besteht aus
den härtesten Kriegern Midgarts.«
Ich brauchte einige Momente um den Blick von der
davonreitenden She Spider zu wenden.
Dann schaute ich zu Captain Hammer und sprach:
»Ihr habt vielleicht die härtesten Krieger Midgards,
aber ich habe ein Heer von Zwergen und das Recht auf
meiner Seite!«
Captain Hammers Miene verdunkelte sich.
»Nach dieser Schlacht werden diese Zwerge auf den
Knien liegen und um Verschonung betteln!«, sprach
Jarl Erik.
»Hey du Großmaul, einer dieser Zwerge steht hier und
um vor jemandem wie euch zu knien müsstet ihr
meinem Volk sämtliche Waden abhacken! Wir knien
nicht vor Mädchen wie euch!«, wütete Nyr.
Jarl Erik wurde wütend: »Na warte kleiner Kerl, wir
werden uns auf dem Schlachtfeld begegnen und ich

persönlich werde dir die Haxen abhacken!«
»Das ist deine letzte Chance, Cap. Ergebt euch oder
ihr werdet vernichtet.«, erhob ich.
»Wir werden sehen.«, antwortete er und machte kehrt.

Nyr und ich warteten noch einen Moment und ritten
dann langsam zum Hügel herauf.
Oben angekommen stand eine Meute Zwerge vor uns,
die Generäle.
»Was haben sie gesagt?« - »Was ist mit Finnboy?« -
»Wo ist She Spider hin?«
Viele Fragen wurden gestellt, doch ich war nicht in der
Stimmung ihnen zu antworten.
Mit dem Blick Richtung Captain Hammer sagte ich
nur: »Lasst sie bluten.«

Am anderen Ende des Schlachtfelds liefen die Arbeiten
am provisorischen Lager der Jomswikinger. Captain
Hammer und Jarl Erik stürmten heran und sprangen
förmlich von ihren Reittieren.
»Captain Hammer, ein Junge ist hier erschienen
während ihr verhandelt habt.«, sprach einer der Jomsen.
Early Knoppers war da um seinem Vater in der
Schlacht zur Seite zu stehen.
Auf seiner Riesenschnecke war er tagelang gereist um
zu kämpfen.
»Vater!«, sprach er.
»Sohn, was tust du hier?«
»Ich kämpfe mit dir!«
»Du bist zu jung für eine Schlacht, bleib hier im
Lager!«, antwortete Captain Hammer, dessen Laune
durch das Auftauchen seines Sohnes zwar besser wurde
aber nicht gut.

»Aber Vater, ich kann kämpfen. Ich möchte dir helfen
den Hipster Viking niederzuschlagen.«, sprach Early
Knoppers wie ein junger Mann nun einmal sprach. Er
war bockig, doch sein Vater war es leid zu reden und so
brüllte er seinem Kind entgegen: »Tu was ich dir sage!«
Es brauchte kein: „ODER“! Selten war sein Vater so
schlecht gelaunt, doch wenn er es war, dann sollte man
sich schnell an seine Anweisungen halten.
Captain Hammer pustete vor Wut.
In dem Moment schlug ein riesiger Lichtkegel
unmittelbar neben ihm in den Boden.
Captain Hammer starrte in das Licht und aus ihm trat
Thor, gefolgt von Heimdall und Tyr.
»Captain Hammer, wir melden uns bereit für die
Schlacht. Heimdall und Tyr ist es eine Ehre an eurer
Seite zu kämpfen.«, sprach Thor Odinsson.
»Es ist gut, euch an meiner Seite zu wissen.«,
antwortete Captain Hammer.
Um ihn herum fielen die Krieger der Jomswikinger auf
die Knie und beugten ihre Häupter vor den Göttern.

Aus dem Wald hinter dem Lager der Zwerge trat eine
weitere Gestalt hervor.
Schweigsam begab sich diese durch das Lager bis zur
vordersten Reihe der Zwerge.
Er stellte sich neben Hipster Viking und dieser sprach:
»Vidar, wir haben auf dich gewartet!«
Vidar nickte und die beiden starrten schweigsam ins
Tal.

»Die längste Nacht des Jahres und wahrscheinlich auch
die längste unseres Lebens steht uns bevor, doch
werden wir nicht versagen.«, sprach Nyr.
»Lasst uns diesen Menschen zeigen woraus wir Zwerge

gemacht sind, lasst sie die Wut unserer Ahnen spüren.«

Die Jomswikinger nahmen Stellung an.
Tausende Schilde bildeten den größten Schildwall den
die Welt je gesehen hatte.
Sie schlugen auf ihre Trommeln, immer stärker, immer
lauter.

Die Zwerge setzten ihre Hörner an und stießen kraftvoll
hinein.
Nun störte es Hipster Viking nicht mehr, denn die
Schlacht war gekommen.
Er stand dort neben Vidar und Nyr, zog seine Axt und
war bereit loszustürmen.
Dann plötzlich stand Finnboy neben ihm.
Die beiden schauten sich an und nickten kurz.
Finnboy hatte seine Tunika abgelegt, mit nacktem
Oberkörper und zwei Äxten in den Händen wollte er in
die Schlacht ziehen.
Sie wendeten den Blick zurück zum Schildwall und
jeder für sich grinste.

Nyr brüllte:
»AUF IN DIE SCHLACHT!«
Und das Heer der Zwerge stürmte brüllend los.
Hipster Viking und Finnboy rannten mit ihnen,
schneller als die kurzbeinigen Zwerge.
Nur noch wenige Schritte bis zum Schildwal.
Die beiden sprangen auf die Schilde, stießen sich ab
und landeten hinter den ersten paar Reihen, sofort in
den Kampf verwickelt.
Dann trafen die Heerscharen der Zwerge auf den
Schildwall und rammten ihre Waffen in die
Jomswikinger.

Schilde barsten, Knochen brachen und Klingen klirrten
aneinander.
Das war der Klang einer Schlacht, das war der Klang
des Krieges.

Wintersonnenwendenschlacht – Rivalen

Ein roter Mond kreiste am Himmel. Blutmond.
Die längste Nacht des Jahres, die kälteste Nacht des
Jahres, die blutigste Nacht des Jahres.
Seit Stunden tobte eine Schlacht in den Landen.
Zwerge gegen Menschen, Midgard gegen Svartalfheim,
Bergleute gegen Seefahrer.
Die Berge der Toten häuften sich. Überall schrien die
Verletzten.
Nyr war umgeben von zehn Jomswikingern.
Mit einem schweren Kriegshammer schlug er um sich,
doch seine Feinde gaben nicht nach.
Viele Schilde hatte dieser Hammer schon gespalten,
viele Knochen zertrümmert und viele Leben
genommen.
Blutüberströmt kämpfte er jedoch und riss einen nach
dem anderen nieder.
Am Anfang der Schlacht brüllte er seinen Gegnern
noch Flüche entgegen, doch nun brauchte er alle Kraft
um den Schergen Captain Hammers standzuhalten.

Rücken an Rücken standen Hipster Viking, Finnboy
und Widar.
Einen Hieb nach dem anderen setzten sie in das Fleisch
ihrer Gegner, doch schienen es nicht weniger zu
werden.
Während der ganzen Schlacht waren sie weder Captain
Hammer, Jarl Erik oder einem der Götter begegnet.
Wahrscheinlich saßen diese und schauten dem

Spektakel zu, dachten die drei Krieger.
Doch Captain Hammer war ebenso damit beschäftigt
mit seinem Hammer durch die Wellen von Zwergen zu
pflügen, wie Thor, Heimdal und Tyr.
Hunderte Kämpfer lagen zwischen den Feinden.
Und tausende Krieger hatten noch nicht einen Feind
niedergestreckt.
Von den äußeren Seiten drängten Zwerge und
Jomswikinger gegen das Geschehen.
Ein jeder wollte kämpfen, denn der Kampf lag in ihrem
Blut, doch war nicht genug Platz für alle.
Dort wo vor wenigen Stunden noch weißer Schnee lag,
machten sich Blutpfützen breit.
Es gab keine Verschonungen, keine edlen Taten, nichts
Heroisches in diesem Gemetzel.
Vom See bis zum Rand des Gebirges drängten sich die
Feinde.

Dann hörte Hipster Viking einen Ruf, der ihm das Blut
in den Adern gefrieren lies.
„BEEEERTAAAA!!!!“, klang es aus Richtung der
Berge und nur eine Sekunde später prasselten Blitze aus
dem Himmel und schlugen in die Reihen der Zwerge.
Der Gestank von verbranntem Fleisch setzte sich in
seiner Nase fest.
»Hipster Viking, ich denke es ist Zeit!?«, rief Finnboy,
der gerade damit beschäftigt war seine Axt aus dem
Helm eines Gegners zu lösen.

»Ja!«, dachte Hipster Viking und griff an seinen Gürtel.
Doch fand er diesen nicht um seine Hüfte.
Er musste ihn im Getümmel verloren haben.
»Mein Gürtel, er ist weg!«, rief Hipster Viking Finnboy
zu und dieser schaute entsetzt an die Hüfte seines

Waffenbruders.

Panik machte sich bei beiden breit.

Wir waren verloren.
Ohne das Horn an meinem Gürtel konnte ich das
Signal nicht geben.

Ohne das Horn würden wir diese Schlacht verlieren.

Es blieb nichts Anderes übrig als nach dem Horn zu
suchen.
Das war nicht so einfach wie es klingt.

So viele Leichen, so viele Meter die wir uns durch den
Feind geschlagen hatten.

Und dann sprach Finnboy: »Wir brauchen eine
Ablenkung! Sobald wir umkehren werden sie uns in den
Rücken schlagen.«
Ich überlegte während ich mit zwei Berserkern rang.
Eine Ablenkung. Doch was konnten wir schon machen.
Um Befehle zu erteilen war es zu spät.
Wir waren getrennt von den Generälen und den
anderen Zwergen.
Dann kam mir ein Einfall.
»Finnboy, ich hätte echt Lust auf einen Chai-Latte!«
Finnboy schaute mich an: »Ist das jetzt dein Ernst? Wir
haben dringendere Probleme als deinen
Koffeinkonsum.«
»Nen Chai-Latte und ne Schüssel voller Äppel.«
Finnboy schüttelte den Kopf, er verstand nicht.
Ich holte tief Luft und brüllte den Feinden entgegen:
»Ey, ihr Lappen. Ihr habt absolut keinen Swag. Habt

*ihr mal veganes Leben probiert? Ich dreh den Swag auf
und zeige euch, was es heißt es wahrer Hipster zu
sein!«*

Mein Cappi fing leicht an zu leuchten.
Finnboy schaute zu mir und begriff.
»Hipster Viking, gönn dir Diggi!«, rief er.
*»Ich gönn es mir richtig. Die Affen rauche ich in na
Pfeife. Ich schwör auf meinen Jutebeutel, mich fucked
ihr nicht ab. Ich überkippe euch mit Sojamilch und
schmeiß euch dann in die Biotonne!«*
Ein Beben bewegte den Boden unseren Füßen.
*Doch unsere Feinde rückten dennoch immer weiter
nach.*
*»Mach weiter!«, schrie Finnboy, der soeben einen
Speer warf.*
*»Ihr Mainstreamopfer seid gar nicht up to date. Ich
gönn euch mal nen kleines Update.*
Ich bin hier der Hippe und ihr seid die Bimbos!«
*Der Boden fing wieder an zu vibrieren und mein Cappi
sammelte das Licht des Blutmondes in sich.*
»Ach ja, HASHTAG YOLO!«
*Und in dem Moment, in dem ich dies ausgesprochen
hatte, strahlte mein Cappi hell orange auf, der Boden
bebte und schmiss sämtliche Krieger auf den Boden.*
*»Was ist hier los?« - »Haltet euch fest!« - »Der Boden
reißt!« - »AAAAAH!!«*
*Verwirrung und Angst machten sich bei unseren
Feinden, aber auch in unseren Reihen, breit.*
Und dann hielten sich alle die Hände vor die Augen.

Es war der Wahnsinn.
**Ich sah Hipster Vikings Cappi einmal wie es
aufleuchtete mit solch einer Helligkeit.**
An dem Tag kam es mir bei weitem heller vor.

Es war, als würde die Sonne aus ihm scheinen.
Doch ich hatte keine Zeit dieses Licht zu
bewundern.
»Los, such das Horn!«, rief Hipster Viking mir zu
und so tat ich es.
Dutzende Leichen räumte ich beiseite.
An einigen Stellen lagen fünf Mann übereinander.
Zwerge, Menschen, es war grauenhaft.

Wir wussten nicht wie lange Hipster Viking diesen
Hipstorm anhalten konnte und so half Vidar mir.
Überall lagen Waffen, Rüstungen und Tote, doch
das Horn schien verloren.
Dann blickte ich zu Vidar, der das Horn in den
Händen hielt.
»BLAAAAAASEN!!!«, rief ich zu ihm.
Hätte er kein Horn in der Hand, hätte er das
sicherlich falsch verstanden.
Vidar blies in das Horn und ein tiefer, lauter Ton
am aus ihm.
Noch nie hatte ich ein Horn so laut rufen hören.
Das Erdbeben unter unseren Füßen wurde übertönt
und der Hall des Horns breitete sich in allen Welten
aus.
Alle hörten es, Riesen, Alben, Götter und Menschen.
Die Krieger wussten nicht mehr, ob sie sich die
Augen oder die Ohren zu halten sollten.
Nach einer Minute durchgängigem Ton setzte Vidar
das Horn ab.
Der Ton verstummte, doch folgte ihm ein großes
Erschüttern.
»DER BERG!!!«, hörte ich Nyr rufen.
Der Berg brach auseinander und riesige Felsen
stürzten auf das Schlachtfeld.

Hunderte Krieger wurden unter ihnen begraben und nie wiedergesehen.

Wer bisher noch keine Angst hatte, der machte sich spätestens jetzt in die Hosen.

Wenige Momente herrschte eine Totenstille auf dem Schlachtfeld.

Alle knieten und deckten ihre Augen zu, da Hipster Vikings Cappi immer noch leuchtete.

Er stand dort wie ein Baum, denn der Schirm des Cappis schützte seine Augen.

Dann ertönte eine altbekannte Stimme.

»MIRMIIIIR!«, schrie diese und im nächsten Moment schlug ein Hammer gegen Hipster Vikings Schläfe. Er kippte zur Seite und sein Cappi fiel auf den Boden.

Das Licht erlosch und nur noch der Blutmond erhellte die Nacht.

Wieder machte sich Stille breit.

Zwerge und Menschen erhoben sich und blickten verwirrt zu Hipster Viking.

»Er ist tot!«, brüllten einige Jomswikinger.

Als ich dies hörte, erschütterte es meinen Körper noch stärker als durch das vorherige Erdbeben.

Tot? Das kann nicht sein.

Ich rannte in seine Richtung, doch der Kampf ging wieder los.

Viele Krieger stürmten mir entgegen und schnitten den Weg zu meinem Freund ab.

Das muss hart für dich gewesen sein. Erst der Verrat von She Spider und dann die Ungewissheit ob dein
 Freund noch lebte.

Es war schlimmer als alles was mir je geschehen ist.

**Ich denke, ich brauch erst einmal eine Pause.
Darüber zu schreiben weckt alte Erinnerungen und
Gefühle.**

Kein Problem. Ich mache weiter für dich.

Hipster Viking, tot?
Das wollte Captain Hammer nicht glauben.
Er hatte schon das ein oder andere Mal mit ihm
gerungen, doch bisher war er immer wieder
aufgestanden.
Nun versuchte er sich, ebenso wie Finnboy, einen Weg
zu Hipster Viking zu schlagen um sich zu vergewissern
was mit ihm geschehen war.
Konnte es wahr sein? War Hipster Viking tot? Hat er
das Schicksal ausgetrickst?
Schlag um Schlag kam er immer weiter zu Hipster
Viking.
Finnboy hatte es da etwas schwerer. Vor ihm lag ein
zwei Meter breiter Riss im Boden und hinter diesem
standen feindliche Krieger die nur darauf warteten, dass
er herübersprang.
Doch nichts sollte ihm im Weg stehen, es ging
immerhin um seinen besten Freund.
Seinem engsten Verbündeten und einzigen Menschen
dem er ohne weiteres vertrauen konnte.
Er nahm Anlauf und sprang über den Riss. Die
Jomswikinger hatten Speere erhoben um ihn in der Luft
aufzuspießen, doch diese zerschlug er.
Mit seinen zwei Äxten schnitt er durch ihre Leiber und
trennte ihre Gliedmaßen von den Körpern.

Captain Hammer hatte es in dieser Zeit geschafft zu
Hipster Viking durchzudringen.
Dort lag er. Zwei Meter von ihm entfernt das orangene
Cappi, das nur noch schwach flackerte. Eine große
Wunde pumpte Blut aus seiner Schläfe und keine
Regung machte er.
Es war sein Ziel, Hipster Vikings Machenschaften zu
stoppen.
Die Nornen hatten ihm berichtet, dass Hipster Viking
ihm schaden wollte, doch fühlte es sich nicht richtig an.
Dort lag sein erbittertster Feind, niedergestreckt von
ihm.
Captain Hammer stand nur da und blickte auf den
Körper herab.
Dann stürmte Finnboy heran und stürzte sich auf
Hipster Vikings Körper.
Er nahm ihn in den Arm und versuchte seinen Freund
mit dummen Sprüchen und dem ein oder anderen Klaps
auf die Wange zu erwecken, doch es tat sich nichts.
Finnboy hielt ihn fest in den Armen. Konnte das das
Ende sein?
Gewinnen nicht immer die Guten in solch einer
Geschichte?
Doch Schlachten schienen ihm in diesem Moment und
in allen folgenden als unnütz und überhaupt nicht
heldenhaft.
»DU HAST IHN GETÖTET!«, brüllte er Captain
Hammer entgegen.
Dieser blickte trauernd und verzweifelt herab.
»DU MISTKERL! WARUM? WAS HABEN WIR DIR
GETAN, DASS DU UNS SO HASST?«
Keine Träne vergoss Finnboy, nur Wut tobte in seinem
Kopf und seinem Herz.
»Es… ich…«, Captain Hammer wusste nicht so recht

was er sagen sollte.

»DAFÜR STERBT IHR ALLE!«, brüllte Finnboy.

Eigentlich war er nie ein Freund von Gewalt, doch er sah nur noch Rache vor seinen Augen.

Und kaum hatte er ausgesprochen, ertönten Hörner hinter den Reihen der Jomswikinger.

Captain Hammer drehte sich erschrocken um.

Was sollte das? Was waren das für Hörner?

Dann sah er es. In dem Gebirge war ein schmaler Durchgang und aus diesem stürmten Zwerge heraus.

Von zwei Seiten griffen die Zwerge nun an. Zwei Flanken mussten verteidigt werden.

Wahrlich, dies hatte er nicht kommen sehen.

Woher kamen all diese Zwerge? Tausende quollen aus dem Gebirge und über ihnen schwebte eine schwarze Wolke.

»Welcher Zauber ist dies?«, fragte er.

»Schmecke die Rache unserer Zerschmetterlinge!«, antwortete Finnboy.

Und nun konnte Captain Hammer es erkennen.

Keine Wolke schwebte über den Zwergen, die aus dem Gebirge rannten.

Tausende angepisste Schmetterlinge flogen dort.

»Schmetterlinge? Ist das euer Ernst?«, fragte er verwirrt.

Doch Finnboy brauchte nicht zu antworten, er sah, dass es nicht irgendwelche Schmetterlinge waren.

Die Wolke schlug vor den Zwergen in das Heer Jomsens ein und riss dutzende Männer in die Luft.

Höher und immer höher, bis sie die Krieger fallen ließen.

Zusätzlich schlugen die Zwerge mit aller Macht und noch vollkommen ausgeruht auf die schon geschwächten Mitstreiter seiner selbst ein.

Thor, Tyr und Heimdall stürmten los um dem
Hinterhalt Einhalt zu gebieten.

*Ich habe meine Zerschmetterlinge allerdings auf jeden
möglichen Gegner vorbereitet und so wussten sie, wie
sie mit diesen Witzfiguren um zu gehen hatten.*

Ich muss ganz ehrlich sagen, als ich davon hörte, dass
du Schmetterlinge zum Kämpfen ausbildest, hielt ich es
für einen dummen Scherz.
Die Effizienz der Zerschmetterlinge jedoch ist enorm.

*Ja, aber nur dieser Hinterhalt hätte uns wohl auch
nicht den Hintern gerettet.*

**Das stimmt. Mit den drei Göttern an der Flanke war
es ein schweres Unterfangen Schaden anzurichten.**

*Genau, aber was dann kam, damit hatte keiner
gerechnet.*

Möchtest du?

Gerne.

*Nun ich schlief und plötzlich konnte ich meine Augen
wieder öffnen.
Um mich herum war ein Männerkörper. Ich dachte, ich
wäre begraben unter Leichen, doch es war Finnboy der
mich an seine Brust drückte.
»NOHOMO!«, sprach ich und Finnboy lies locker.
»Du lebst?«, fragte er.
»Weiß nicht, wenn nicht, dann ist Walhalla hässlicher
als ich gedacht hatte.«*

*Finnboy freute sich, man sah es ihm an. Er stand auf
und half mir auf die Beine zu kommen.*
*Mein Schädel brummte und die Geräusche der
Schlacht halfen nicht gerade.*
»Was ist passiert?«, fragte ich.
*»Captain Hammer hat dir seinen Hammer gegen den
Kopf geschleudert, wir dachten du wärst tot!«,
antwortete Finnboy.*
»Wo ist er?«
*Doch Captain Hammer war damit beschäftigt fünf
Zwerge abzuwehren. Zwei hingen an seinen Beinen,
zwei an den Armen und einer schlug mit bloßen
Händen auf seinen Oberkörper ein.*
*»Scheiße man, wo ist mein Cappi?«, fragte ich
Finnboy, doch dieser hielt es schon in den Händen und
reichte es mir zu.*
*»Der Hinterhalt hat zugeschlagen!«, sprach Finnboy:
»Aber ich fürchte das reicht nicht.«*
Es waren so viele Jomswikinger.
*Wo kamen die bloß alle her? Ich dachte immer, das
wäre ein ausgewählter Haufen der miesesten Kerle.
Aber hier waren tausende von denen.*

*Noch immer drängten die Heere aufeinander zu und
noch immer hatte nicht einmal die Hälfte der Männer
und Zwerge die Waffe heben können.*
Die Schlacht schien kein Ende zu nehmen.
*Der Blutmond senkte sich schon langsam wieder, bald
würde der Tag hereinbrechen.*
Dann hörten wir Schreie vom See herkommen.
Männer schleuderten durch die Luft.
*Es schien, als würde etwas Gewaltiges auf sie
einschlagen.*
Wir schauten in der Hoffnung etwas erkennen zu

können und da sahen wir sie.

She Spider.

Sie wirbelte ihre Spindeln durch die Gegend.

Hunderte Spindeln surrten in der Luft und schlugen auf die Feinde ein.

Ihre Magie machte aus diesen Haushaltsgegenständen gefährliche Waffen.

Sie kam auf uns zu. Ganz entspannt schritt sie vor.

Um sie herum wirbelten die Spindeln und bildeten eine Art Käfig der Zerstörung, durch den sie ohne Bemühungen schreiten konnte.

Finnboy und ich standen mit offenen Mündern da und bestaunten das Geschehen.

Ihr fragt euch sicherlich: »Die sind in einer Schlacht, woher nehmen sie die Zeit sich in Ruhe um zu gucken?«

Also rein nach Hollywoodregeln sind wir ja die Protagonisten gewesen und die kämpfen ja nur wenn es nötig ist und man genug Budget hat für die special effects.

Ich könnte jetzt sagen, dass wir einfach so wichtig waren, dass uns nur die wirklich wichtigen Gegner attackierten oder so, aber die Wahrheit ist, dass ein Haufen Zwerge einen Kreis um uns gebildet hatten um uns zu verteidigen. Zwerge sind ziemlich loyale Lebewesen.

So konnte She Spider zu uns gelangen.

Wir standen immer noch mit offenen Mündern da als sie vor uns stand.

»Hey Leute, ich weiß ihr könnt mir nicht mehr vertrauen aber-«, Finnboy unterbrach sie indem er sie fest in den Arm schloss.

Rührender Anblick.
Wir waren allerdings in einer Schlacht, also war keine Zeit für Schmuseeinheiten.
Da ertönten erneut Hörner, aber nicht unsere, sondern die von Captain Hammers Heer.
Wir blickten über das Feld und sahen wie die Jomswikinger Stück für Stück zurückschritten.
»Sie ziehen sich zurück.«, sprach She Spider.
»BÄHM!«, schrie ich.
»Besser ist das!«, sprach Finnboy.

Ein Rückzug sah den tapferen Kriegern überhaupt nicht ähnlich, aber sie konnten dem Ansturm der Zwerge, Zerschmetterlinge und She Spider einfach nicht Herr werden.
So war es also. Die Armee der Zwerge hatte diese Schlacht gewonnen.
Alle waren froh über eine Pause.
Keiner der gekämpft hatte war unverletzt, keiner war bei Kräften.
So zogen auch die Zwerge sich zurück in ihr Lager.
In ihren Lagern sollten beide Seiten auch mehrere Tage bleiben.
Für eine weitere Schlacht musste vorerst aufgeräumt werden.
Bergeweise Tote wurden abtransportiert und auf großen Haufen verbrannt.
Es war nicht der Brauch bei den Zwergen, ihre Toten zu verbrennen, doch gab es keinen Platz für Beerdigungen solcher Massen an Gefallenen.

Auf dem Schlachtfeld wurde nichts zurückgelassen. Kaputte Waffen, Teile von Kettenhemden, gespaltene Schilde und Helme wurden mitgenommen. Teilweise

versuchten beide Seiten diese zu flicken.
Doch das Meiste sollte später eingeschmolzen und zu
neuen Waffen gegossen werden.
Hipster Viking, She Spider und Finnboy saßen in
Finnboys Saunazelt.
Niemand hatte etwas zu sagen. Es gab keine Worte für
die Geschehnisse.
Keine Worte für die Brutalität auf dem Schlachtfeld.
»Wieso musste es so geschehen?«, fragte sich jeder
Einzelne.

Im Lager der Jomswikinger saßen Captain Hammer,
Thor und Jarl Erik zusammen am Feuer und starrten in
die Flammen.
Sie überlegten, wie sie es schaffen sollten die
Heerscharen an Zwergen zu bezwingen.
Olaf setzte sich zu ihnen, rieb seine Hände über den
Flammen und sprach:
»Das war eine gewaltige Schlacht, doch noch leben
Hipster Viking und Finnboy. Wie sieht euer Plan aus?«,
er schien weder müde noch verletzt zu sein.
Captain Hammer schaute empor: »Ich weiß es nicht.
Sage mir Olaf, aus welchem Grund bist du so gierig
nach noch einer Schlacht?«
Olaf blickte über das Feuer zu Captain Hammer.
»Ihr selbst habt es gesagt, die beiden bringen nichts als
Ärger. Es sind Monster, die ausgeräuchert werden
müssen.«
Captain Hammer senkte seinen Blick zu den Flammen:
»Auf dem Schlachtfeld sah ich keine Monster. Ich sah
Männer die um ihr Leben kämpften, die trauerten. Ihre
Absichten waren nicht bösartig. Sie sahen uns als die
Monster. Doch sage mir: wie erkennt man das wirkliche
Monster?«

Einen kurzen Moment hielt Olaf inne.
»Die Nornen haben es dir geweissagt, oh mächtiger
Captain Hammer. Die Nornen lügen nicht.«
Captain Hammer erhob sich und ging vom Feuer in
Richtung seines Zelts.
»Scheiß auf die Nornen!«, sprach er in die Nacht.

Wintersonnenwendenschlacht – Ein neuer Tag

Die Sonne erschien am Horizont und beleuchtete das rote Feld.
Nur wenige Stunden zuvor standen wir noch dort unten und kämpften um unsere Leben, für Gerechtigkeit und gegen die Pläne Captain Hammers.
Nach einer Weile im Saunazelt, in dem wir gegenseitig unsere Wunden versorgten, setzten Hipster Viking und ich mich an den Rand des Hügels und schauten der Welt beim Aufwachen zu.
Der auseinander gebrochene Berg und der aufgerissene Boden zeugten von den Ausmaßen dieser Schlacht.
An den Stellen, an denen die Blitze von Caps Hammer einschlugen, war die Erde verbrannt. Nie wieder sollte das Feld fruchtbar sein.
Und auf ewig nannte man den See: Roter Schlund.
Denn die tausenden Liter Blut färbten das Eis rot.
Wir genossen die Ruhe, saßen dort und rauchten unser eigens geerntetes Haze.
Nach all den Strapazen herrschte für einen kurzen Moment Frieden.
Die wenigen Vögel die überwinterten sangen ihre Lieder.
Wir versuchten ihnen zu antworten, doch waren wir heiser und bekamen kaum einen Ton zu Stande.
Der Fischer, der das Fischerdorf bewachte, schlich zwischen den Häusern umher.

Wie She Spider später berichtete, saßen die beiden
gemeinsam und redeten während draußen vor der
Tür die Schlacht tobte.
Er machte wohl keinen Anschein Angst zu haben:
»Wenn die Zeit gekommen ist, dann ist sie
gekommen.«, sprach er zu ihr.
Jetzt lief er dort und schaute nach Beschädigungen
an den Hütten.
Es wirkte alles so unecht. Noch immer waren unsere
Gedanken in der Schlacht.
Nie zuvor hatten wir so wenig geredet. Noch nie war
Hipster Vikings Gesicht trauriger.
Die Schlacht war vorbei, aber der Krieg?
Wir wussten nicht, was ab jetzt geschehen würde
und in diesem Moment wünschte ich mir, es nie
erfahren zu müssen.
Wir beobachteten wie die Sonne den Mond vom
Himmel jagte und dann gingen wir zu Bett.

*Leute, das ist das letzte Kapitel dieses Buches.
Findet ihr das nicht auch komisch? Ich meine, wir
haben so viele Stunden damit verbracht die
Geschichten auf zu schreiben und jetzt sind wir an
einem Punkt angekommen, der einen Schlussstrich
unter diesen Abschnitt unseres Lebens setzte.*

Ich war anfangs nicht begeistert von eurem
Einmischen, aber ich habe euch mögen gelernt.

Ja man, echt komisches Gefühl.
Es war so ein großer Teil unseres Lebens, doch auf
dem Papier wirkt es so wenig.

Ja.

Naja, was ich eigentlich fragen wollte: Möchte jemand die Tiefkühlpizza oder darf ich die essen?

Im Ernst?

Was denn? Ich habe Hunger!

Gönn dir, Diggi!

Yes, Baby!

Ihr schafft es auch immer wieder die Stimmung zu reißen.
Dann werde ich jetzt eben weiterschreiben.

Wie schon erwähnt herrschte die Ruhe mehrere Tage. Beide Heere waren schwer dezimiert und keiner hatte wirklich Lust auf eine weitere Schlacht. Bis auf Olaf, der jede Gelegenheit nutzte die Generäle anzustacheln und Captain Hammer mit Fragen zu belegen.
Niemand verstand seine Lust an weitere Schlachten und doch schaffte er es einige Männer um sich zu scharen, die gewillt waren Captain Hammer zu stürzen.
Dieser war von dem Vorhaben natürlich nicht begeistert und ließ jene Männer in den gefrorenen See werfen.
Olaf jedoch war nicht bei der Attacke bei und somit verdächtigte niemand ihn.

Einen jeden Morgen saßen Hipster Viking, Finnboy, Nyr, She Spider, Björn, Vidar und die Zwergengeneräle auf einem der Aussichtstürme und berieten sich wie es weitergehen sollte. Nyr, seine Generäle und Björn vertraten die Meinung, man solle die Feinde bei Nacht attackieren und ihr Lager und ihre Vorräte zerstören.

Finnboy und She Spider wollten weitere Verhandlungen
oder eine andere friedliche Möglichkeit diesen
Wahnsinn zu beenden.
Hipster Viking und Vidar schwiegen.
Vidar war der schweigsame Gott, so hielt dies niemand
für bedenklich, doch um Hipster Viking sorgte man
sich.
So schweigsam wie er seit der Schlacht war, hatte man
ihn nie erlebt.

Ich hatte Kopfschmerzen, okay?
Schon mal mit nem dicken Brummschädel eine
Diskussion geführt?

Bist du dir sicher, dass es nur das war?
Oder lag dir etwas Anderes auf der Seele?

Ich hatte Kopfschmerzen.

Wie du meinst.

Jedenfalls machten die anderen sich Sorgen…

**Sagt mal: Wenn wir fertig mit dem Kapitel sind,
gibt es dann ne Serie und Filme und Merchandise?**

Darüber sollten wir uns vielleicht später Gedanken
machen und uns vorerst auf die Geschichte
konzentrieren!?

Hipster Viking Jutebeutel, Finnboy Badehandtücher,
She Spider Wolle….
Und überall unsere Gesichter drauf!!! Geil.

Äxte mit der Gravur unserer Namen, eine mehrere Staffeln lange Serie und zum Abschluss drei Filme für das Finale!!!

Yeah, Baby!!!

Leute, bitte.
Es ist nicht mehr viel, also könntet ihr euch noch einen Moment lang konzentrieren?

Du bist nur eifersüchtig, dass wir so berühmt sind… oder werden.

Hipster Viking, bitte gib wieder, was die Tage über geschah.

Ja ja ja…
Also es waren drei… nein vier... vielleicht auch sechs Tage vergangen… aber auf keinen Fall fünf. Ich weiß es nicht mehr. War ne Weile.
Es war Nacht und plötzlich wirbelten Leute um mein Zelt herum.
Sollte die Schlacht weitergehen? Ich war gerade mega breit und hatte absolut keinen Bock auf Bewegung, doch zum Glück handelte es sich nicht um eine weitere Schlacht.

Die Zwerge, die Wache schoben, erwischten zwei Männer, die sich aus den Lagern schlichen und Informationen austauschten, hieß es.
Spitzel, dachte ich.
Also begab ich mich zum Zelt von Nyr, vor dem die beiden Gefangenen hockten.
»Was habt ihr euch gesagt, sprecht rasch oder ihr

werdet meinen Zorn spüren!«, sprach Nyr. Er stand dort in einem Schlafrock und war nicht gerade eindrucksvoll mit seiner Schlafmütze auf dem Kopf.
Vidar stand hinter ihm und schaute grimmig auf die Gefangenen herab.
Er wirkte immer etwas grimmig, aber das war schon eher so ein „don't fuck with me" Gesicht.
Obwohl die Zwerge mir nur bis zum Bauchnabel gingen, erkannte ich nicht, wer dort festgenommen wurde.
Keiner der beiden antwortete, beide starrten Nyr ins Gesicht.
»Na gut, ihr wollt es ja nicht anders. Wo sind die Folterknaben?«, rief Nyr angepisst.
»Folterknaben?«, dachte ich mir.
Seit wann hatten wir Folterknaben?
Doch da traten sie hervor.
Vier Zwerge und einem jeden fehlte ein Teil seines Körpers.
Dem einen fehlte der ganze linke Arm, doch dafür war sein rechter umso kräftiger.
»Das sollte wohl mal nen Bein werden!«, dachte ich mir.
Der zweite hatte keine Hände, doch dafür hatte man ihm eine Klinge an die linke und einen Hammer an die rechte gepackt.

Dem dritten fehlte der halbe Schädel.
Dass der überhaupt leben konnte, konnte ich nicht begreifen.
Und dem vierten fehlte der Bart.
Ja der Bart. Ihr denkt sicher: »Kein Bart ist doch kein fehlendes Körperteil.«
Doch!

*Einem Zwerg bedeutete der Bart mehr als seine Beine,
seine Arme oder der Kopf.*
*Männliche Zwerge wurden mit Bärten geboren, sie
hegten und pflegten ihn.*
*Es gab nur eine Sache, die dem Bart eines Zwerges
Schaden zufügen konnte und das war Drachenfeuer.*
*Wie ich später erfuhr, hatte dieser besondere Zwerg den
Nibelungenschatz bewacht und sich einmal gegen
Fafnir gestellt. Dieser spuckte Feuer und verbrannte
den Bart, welcher nie wieder nachwuchs. Damit war er
sowohl ein Sonderling, als auch ein gefeierter Krieger.*
*Nachdem er den Bart verlor fiel er in schwere
Depressionen und schnitt sich eines Tages die Zunge
heraus. Versteh mal einer warum, aber naja.*

*Jedenfalls gefiel ihm das Foltern scheinbar sehr.
Kaum hatte Nyr ausgesprochen, stand der bartlose
Zwerg schon mit einer glühenden Klinge parat und
schnitt einem der Gefangenen ein Ohr ab.*
*Qualvolle Schreie stieß der Gefangene aus und kurz
darauf antwortete der andere:*
»Haltet ein!«
Der Bartlose starrte aufgeregt zu Nyr.
*»Stop!«, rief dieser und der Bartlose ging traurig
beiseite.*
Nyr sah die Gefangenen an und sprach:

SCHEIßE MEINE PIZZA!!!

Warte, was? Das ergibt gar keinen Sinn!

**Ich denke Hipster Viking hat seine Tiefkühlpizza
anbrennen lassen.**

Ah, ja das ergibt Sinn.
Machst du weiter?

Kann ich machen.

Das wäre sehr nett.

**Ja ja.
Egal. Jedenfalls sprach Nyr ein wenig und die
Gefangenen antworteten und dann bemerkte ich
wer die beiden waren.
»Björn? Olaf? Was geht hier vor?«, fragte ich.
Es waren Björn und Olaf, unsere alten Freunde.
Denkt mal an Kapitel eins. Die, mit denen wir Jarl
Andreas entsorgten.
Ja, genau die.
Also Björn war ja die ganze Zeit bei uns, doch wo
zum Henker kam Olaf her?
Hipster Viking und ich übernahmen das Verhör.
Wir stießen Nyr und Vidar beiseite und sprachen zu
den beiden.**

**»Olaf, altes Haus. Was treibt dich denn hier her?«,
fragte Hipster Viking.
»Ihr Schweine habt mir ein Ohr abgeschnitten!«,
brüllte dieser uns entgegen.
»Ähm, jo. Die Zwerge sind ganz schön hart im
Nehmen. Sorry.«
»Sorry? Verdammt noch mal, ich sollte euch hier
und jetzt töten!«
Olaf war echt nicht gut gelaunt und ich verstand ja
dass er schmerzen hatte, aber uns gleich töten?
Welche Laus war dem denn über die Leber
gelaufen?**

»Jo. Chill mal, Diggi. Wo warst du die ganze Zeit,
wir haben uns ja ewig nicht mehr gesehen!«, sprach
ich.
»Ich? Ich habe alles daran gesetzt euch beide aus
der Weltgeschichte zu streichen!«, antwortete Olaf.
»Wie jetzt?«, fragte Hipster Viking.
Und dann berichteten Olaf und Björn von ihrem
Vorhaben.
Wir waren schockiert.
Wir waren doch als Freunde auseinandergegangen,
was war da passiert?

Am nächsten Morgen sendeten wir einen Boten zu
Captain Hammer, denn wir mussten ihm dringend
die Geschichte der beiden erzählen.
Wir trafen uns am Mittag, an derselben Stelle wie
vor der Schlacht.
Hipster Viking, Nyr, Vidar und ich standen mit den
gefesselten Björn und Olaf, Captain Hammer, Jarl
Erik und Thor gegenüber.
»Cap, höre uns an. Wir wurden alle verraten!«,
sprach ich.
Captain Hammer jedoch hielt dies für einen
Hinterhalt.
Er schaute immer wieder nervös von einer Seite zur
anderen.
»Hört uns doch zu...« - »Welche List habt ihr
geplant, Finnboy?«, antwortete er.
»Alter, jetzt höre ihm doch zu und übertreibe nicht
gleich wieder.«, sagte Hipster Viking worauf ihn
Cap mit einem zitternden Auge anstarrte.
»Diese beiden Männer wurden heute Nacht dabei
erwischt, wie sie sich heimlich aus den Lagern
schlichen um sich zu treffen.«, sprach Nyr und

**Vidar zog den Gefangenen die Säcke von den
Köpfen.**
»Olaf?«, fragte Jarl Erik.
**Captain Hammer schaute erschrocken zwischen mir
und Hipster Viking hin und her.**
»Was soll das?«, fragte er.

Scheiße, voll verkohlt die Pizza.

Jetzt unterbreche die Geschichte nicht schon wieder!

Ist ja gut.

**Schreibt jemand anderes weiter? Dann bestell ich
uns allen Pizza.**
Hab jetzt auch Hunger bekommen.

Oh man. Ja, ich schreibe weiter.
Eine Pizza Peperoni bitte.

Alles klar, Hipster Viking?

Pizza Texas, mit extra viel Käse!

Geht klar. Dann bis gleich.

Captain Hammer war verwirrt.
Dort saß Olaf, welcher doch eigentlich für ihn kämpfte.
Was hatte er mit Hipster Viking und Finnboy zu
schaffen?
Und warum fehlte ihm ein Ohr?

»Ich höre euch zu, was habt ihr zu sagen?«, sprach er.

»Die beiden hier, das sind die, die du suchst!«, antwortete Finnboy.

Captain Hammer schaute verwirrt in sein Gesicht.

»Erinnerst du dich an unser erstes Treffen? Du hast nicht nach Hipster Viking oder mir gefragt. Du fragtest nach Olaf und Björn.«

Captain Hammer überlegte.

»Die Nornen weissagten mir das Björn und Olaf die Welt vernichten wollen. Dann hatte mein Sohn die Vision, dass ich die beiden in Jarl Andreas Halle finden würde. Er sprach von einem orangenen Cappi und einem stark benommenen Finnen.«, sprach er.

»Ja, ist ja richtig. Aber in der Halle saßen mehrere Björns und Olafs. Wir heißen doch nicht einmal so!«, antwortete ich.

»Ähm. Naja, also ich heiße schon Olaf mit gebürtigem Namen.«, warf Hipster Viking ein.

»Was?«

Finnboy war kurz verwirrt.

»Und du heißt Björn, ich habe Heimdal gefragt und er kennt den Namen eines jeden Menschen!«, sprach Thor.

»Ich? Björn? Aber... ich heiße Finnboy!«

»Finnboy ist nicht einmal ein Name, Junge!«, antwortete Thor.

»Euch habe ich in jener Nacht gesucht und gefunden. Ihr seid die Unholde, welche das Leben dieser und aller anderen Welten zerstören wollen!«, sprach Captain Hammer.

Hipster Viking und Finnboy guckten sich verwirrt an.

»Aber wir mögen diese Welt doch. Wo sollen wir denn sonst unser Gras anbauen und unsere Freunde treffen?«, sagte Hipster Viking.

Captain Hammer war sich unsicher, was der Wahrheit

entsprach und was eine Lüge war.
Schon auf dem Schlachtfeld, als er über Hipster Viking
stand, hatte er ein schlechtes Gefühl in der
Magengrube. Aber konnte er sich so sehr irren?
Niemals.

»Und Björn und Olaf, also die hier und nicht wir, haben
uns alles gestanden!«, sprach Finnboy.
»Sie kommen aus einer anderen Welt und haben
versucht uns alle gegeneinander aus zu spielen! Sie
wollen all das hier!«
Captain Hammer blickte wieder herab zu den beiden
Gefangenen.
»Olaf wollte jederzeit die Schlacht.«
Er überlegte, wie es zu der jetzigen Situation
gekommen war.
Olaf war es, der ihm vom Heer von Hipster Viking und
Finnboy berichtete. Er schickte ihn zu den Jomsen. Er
führte sie zu diesem Schlachtfeld. War es möglich?
Hatte Olaf die ganze Zeit geplant, einen Krieg
anzuzetteln?

»Warum sollte Olaf diesen Krieg wollen?«, fragte Jarl
Erik.
»Das ist die Frage, warum eigentlich, Olaf?«, Finnboy
blickte zu den Gefangenen herab, doch diese waren
nicht mehr da.
»Hey, wo sind die hin?«, schrie er.
Hektisch blickten sich alle um und dann ertönte ein
lauter Knall hinter Hipster Viking und Finnboy.
Die beiden drehten sich um und dort standen Olaf und
Björn in seltsamer Gewandung.
»Kommt zurück! Wir sind noch nicht fertig mit euch!«,
rief Hipster Viking.

»Ihr dämlichen Idioten! Andauernd schickten wir euch
gegeneinander in die Schlacht und doch fandet ihr
immer einen Weg, dieser zu entgehen.
Wir wollten dieses Universum brennen sehen. Wir
wollen jedes Universum brennen sehen! Doch ihr
dummen Wikinger entkamt jeder Falle.
Doch wir werden wiederkommen und euch
zerschmettern. Mein Ohr werdet ihr büßen.
Wir kommen wieder und überrennen eure Welten.
Brennen alles nieder und töten eure falschen Götter.
Seit verflucht, Heiden!«

Hipster Viking und Finnboy gingen den beiden
entgegen mit dem Ziel, ihnen die Fesseln wieder
anzulegen.
»Wenn ich mit euch fertig bin, müsst ihr euren Chai
Latte durch nen Strohhalm trinken!«, wütete Hipster
Viking.
Doch kurz bevor sie die beiden greifen konnten, riss
hinter den Schurken ein Loch in die Luft. Hinter ihnen
befand sich ein Strudel aus einer schwarzen Substanz
und Olaf und Björn sprangen hinein.
»Was zum-«, sprachen Hipster Viking und Finnboy,
doch blieb ihnen keine Zeit auszureden.
Das Loch, die Substanz, bildete einen starken Sog.
Unsere beiden Protagonisten versuchten sich am Gras
fest zu halten, doch dieses war noch immer nass vom
Blut und Schweiß, das hier vergossen wurde.
So verloren sie den Halt und wurden in das Loch
gezogen.
Captain Hammer und Nyr sprangen ihnen hinterher,
doch bevor sie das Loch erreichen konnten schloss sich
dieses und die vier waren verschwunden.

Und Ende.

Und Ende.

*Was danach kam war ziemlich strange, wir sind an dem
Punkt gelandet, an dem die Geschichte endet.*

Ziemlich plötzlich, wa?

Wir waren genauso überrascht wie ihr gerade.

Und die anderen wahrscheinlich auch.

Wahrscheinlich.

**Hey, seht es mal so. Jede Geschichte braucht einen
Schlusspunkt.**

*Genau. Das heißt aber nicht, dass dies das letzte ist
was ihr von uns gehört habt.
Ja richtig gelesen, hört auf zu weinen, wir kommen
wieder.*

**Haha. Schau dir die Gesichter an. So ne Mischung
aus Trauer, Wut und Verwirrung.
Die erwarten sicher, dass es jetzt noch weitergeht.**

*Es ist vorbei, wirklich!
Also beschäftigt euch wieder mit der echten Welt.
Füttert eure Kinder endlich, wascht euch mal wieder
oder raucht einen entspannten Johann.*

**Hey Schreiberin, hast du ein paar schöne
Schlussworte?**

Es klingelt gerade, die Pizza ist da!

**Passend.
Adieu Leute.**

*Möge die Macht mit euch sein, lebt lang und in Frieden
und denkt dran... immer weg vom Körper. Wer gemeint
ist, versteht schon was ich meine ;)*

Bähm.

---

*PS.: Vielleicht schaffe ich es heute, die Schreiberin von
mir zu überzeugen.*
    *Wenn nicht, heißt es auch für mich: Immer weg
vom Körper.*

#yolo #swag #single #rothaarigesindgeil

Dieses Buch widme ich Svante, Jan und dem Rest der Bande.
Ohne euch wäre es erst gar nicht hierzu gekommen.
#nohomo

PS: Könnte ich malen, wäre dies ein Comic geworden.
Kann ich aber nicht.

Vielen Dank an Glönn, der das Cover designt hat.

Für mehr von seinen Künsten besucht seine Website:
www.gloenn.com

Hipster Viking will return!